TIRANO BANDERAS

NOVELA DE TIERRA CALIENTE

LITERATURA

ESPASA CALPE

RAMÓN DEL VALLE-INCLÁN

TIRANO BANDERAS

NOVELA DE TIERRA CALIENTE

Edición
Alonso Zamora Vicente

COLECCIÓN AUSTRAL

ESPASA CALPE

Primera edición: 30-X-1937
Duodécima edición: 10-IV-1995
—

© *Carlos del Valle-Inclán Blanco, 1926*
© *De esta edición: Espasa Calpe, S. A., Madrid, 1937, 1993*
—

Depósito legal: M. 6.848—1995

ISBN 84—239—7319—0

La presente edición sigue el texto de la última corregida y publicada por el autor, Madrid, Imprenta Rivadeneyra, 1927

Impreso en España/Printed in Spain
Impresión: UNIGRAF, S. L.

Editorial Espasa Calpe, S. A.
Carretera de Irún, km 12,200. 28049 Madrid

ÍNDICE

SEGUNDA PARTE
Boluca y Mitote

TERCERA PARTE
Noche de farra

CUARTA PARTE
Amuleto nigromante

INTRODUCCIÓN

«México me abrió los ojos y me hizo poeta. Hasta entonces yo no sabía qué rumbo tomar», le dijo en una ocasión Valle-Inclán al gran escritor y humanista Alfonso Reyes. En efecto, aquel país al que Valle viajó en dos ocasiones (la primera en 1892-93 y la segunda en 1921), su realidad político-social, las luchas revolucionarias, las secuelas de la dictadura porfiriana, la actitud y la muerte de Francisco Madero, el movimiento de Huerta, «aquella vitalidad patética, aquella cólera, aquella combatividad, aquella inmensa afirmación de dolor, aquel hombrearse con la muerte» [1] tocaron fondo en la sensibilidad del escritor, que quedó imbuido, además, de lo tanto y tan hondamente aprendido del hablar americano.

De esa pasión mexicana nacería TIRANO BANDERAS, considerada con frecuencia como la obra maestra de su autor. Una novela excepcional, inusitada en el paisaje literario de su tiempo, que se desenvuelve en una imaginaria república, Santa Fe de Tierra Firme, sometida a la dictadura de un general, Santos Banderas, en el que es fácil

---

[1] A. Reyes, *Tertulia de Madrid*, págs. 73-74.

reconocer los rasgos de tantos dictadores[2]. Un hombre obsesionado por la pasión del mando, escondido en el espejismo de una justicia rudimentaria y una crueldad absurda, ingredientes que conducen a la suma degradación del ser humano. Al lado del personaje central, orillado de sombras macabras, se mueve una pequeña corte de aduladores serviles, los mediocres estúpidos que aumentan la dimensión nefasta del caudillo. En contrapunto a la figura casi espectral del tirano se desatan las pertenecientes a la oposición, con su aire de redentores místicos, alucinados, como es el caso de Don Roque Cepeda, o de Filomeno Cuevas[3], y las huidizas, inestables personalidades de los tránsfugas arribistas y vividores, borrachines vagamente irresponsables, como el Coronelito de la Gándara. Pero estos dos polos, el tirano-la oposición, no son más que los motivos básicos sobre los que Valle hace bailar su patética danza a la sociedad que soporta y conlleva tal estructura. El personaje real, palpable, de TIRANO BANDERAS es la triste colectividad de los indios, los léperos, los empeñistas, los soldados, los presos políticos, los diplomáticos egoístas, las prostitutas, los vividores, los comerciantes, los pensionistas... El general-dictador es sólo un vago motivo para explicar ese tumulto de vida soterrada que encara un proceso en marcha, el de la revolu-

---

[2] El propio Valle-Inclán, en una carta dirigida a Alfonso Reyes en 1923, definirá *Tirano Banderas* como «La novela de un tirano con rasgos del doctor Francia, de Rosas, de Melgarejo, de López y de don Porfirio», todos ellos *caudillos* destacados que marcaron una época de la historia político-social de Hispanoamérica. Concretamente, el más inmediato modelo será don Porfirio Díaz (Oaxaca, 1830-París, 1915), que rigió los destinos de México durante largos años de rígido poder personal.

[3] Es evidente el parecido de Roque Cepeda con Francisco Madero, el apóstol de la revolución antiporfirista. Tampoco es descaminado un parentesco entre Filomeno Cuevas y el general Álvaro Obregón, luego presidente de la república mexicana y gran amigo de Valle-Inclán.

ción, basada en un ancho lago de sangre y desencanto, empujada por hombres visionarios y aprovechada por una gruesa capa de humanidad indiferente, sin aliento noble ni vocación de futuro. La degradación del hombre por razones políticas, o la dignificación del mismo por idénticas razones, es la contradanza que TIRANO BANDERAS, bajo un prodigio de orquestación lingüística, despliega ante nuestros ojos asombrados.

ESTRUCTURA MÁGICA Y CRÍTICA SOCIAL

Lo primero que llama la atención en la novela es una rígida simetría que articula los episodios y que alcanza caracteres mágicos. Gráficamente, la estructura formal de la novela es de una deslumbradora claridad. Toda ella se organiza en *siete* partes que, a su vez, se dividen en libros: la parte central en *siete* y las otras seis en *tres*. El número total es, en consecuencia, de *veintisiete*, es decir, *tres* por *tres* por *tres*. La obra lleva, además, un prólogo y un epílogo de extensión y fundamentación análogos a los libros. El esquema gráfico sería, pues, el siguiente [4]:

Prólogo	Partes	Epílogo

No es razonable considerar que tan ceñido rigor, tan ajustado reparto de la materia novelesca sea fruto del azar o de la torrencial «inspiración», no. Es logro de una tenaz

---

[4] Véase Oldric Belic, «La estructura narrativa de *Tirano Banderas*», en *Análisis estructural de textos hispanos*, Madrid, Prensa Española, 1969, págs. 145 y sigs.

voluntad de estilo en la que entra la preocupación por la arquitectura, por la distribución visible de la esencia argumental.

Otras coincidencias igualmente llamativas apoyan este parecer. Se ha señalado ya muchas veces que la acción de la novela se desenvuelve en un espacio de *tres* días. Que el marco de la acción está repartido en *tres* momentos, con una simetría especialmente atrayente: el primero de ellos aparece en el prólogo, el segundo en el *séptimo* libro de la parte central y el *tercero* en el *tercer* libro de la *séptima* parte, para diluirse en el epílogo. Se respira siempre lo que podríamos llamar una «abierta subordinación» a los números mágicos[5]. Aún podríamos redondear esta aureola de magia recordando cómo Valle-Inclán personifica en *tres* los héroes de la novela, y los subdivide, a su vez, en otros *tres* individuos concretos.

Aparte del conjuro que estos números pueden despertar en una rancia magia, se percibe idéntica preocupación en la forma en que se nos exhiben algunos personajes: Tirano Banderas está siempre rodeado de un vago nimbo mágico, de mirada misteriosa, taciturno, hombre que no duerme, que semeja un pájaro agorero. Nada más fácil desde ahí que ser considerado por la plebe asombrada y perseguida como hombre con pactos secretos con el demonio. La misma sombra de terror que la muda omnipresencia del tirano proyecta sobre todo el libro está vestida de poderes sobrehumanos. También el caudillo de la oposición, Don Roque Cepeda, está orillado por los conocimientos teosóficos. El importante papel que Lupita

---

[5] Es ya conocida la preocupación de Valle por el ocultismo, que está en relación con su amistad con Mario Roso de Luna y su natural disposición galaica al contacto y sobrevaloración del trasmundo. Véase el libro de Emma Speratti, *El ocultismo en Valle-Inclán,* Londres, Tamesis Books, 1974.

la Romántica (y con ella el Doctor Polaco) llena en el libro redondea el ambiente que envuelve toda la espectral mojiganga. Las supersticiones del indio no se encuentran aisladas, como rasgo individual del hombre primitivo, sino que brotan escoltadas por una fuerte presencia de poderes extraños que acentúan el temblor, el dramatismo, la permanente alucinación que el terror despliega ante el hombre disminuido, anonadado por la injusticia y la impotencia.

El ya comentado contraste que implican los episodios, unos frente a otros, se observa también en todos y cada uno de los personajes, de las acciones, y viene a constituir como una ley fundamental de la interioridad de la novela; está incluso en la base misma de la concepción de ella como arma insoslayable para destacar la desmesura, la deformación de lo real, es decir, la esperpentización de la misma. Es evidente que tal entidad artística tiene que estar implícitamente saturada de crítica política y social, que se esconde tras la posible (real o ficticia) estructura de la novela.

La figura del dictador-símbolo no es más que un pretexto para exponer una amarga visión de una realidad sociopolítica entrevista, claro es, desde una angustiosa exigencia de perfección, de urgente cirugía. Males viejos y nuevos se asocian en la estructura material que se adivina e insinúa, lacras que se dan la mano en atenazante rosario, y a las que la novela, sin decirlo expresamente, sino en un delicado esguince alusivo, condena abiertamente. Lacras cuyo remedio no está, ni con mucho, en los iluminados y campanudos discursos que argumentan los dirigentes de la revolución, sino en algo más hondo, de más lento rumiar. Pero los soportes de esos discursos, gestos de santones bondadosos, son, al fin y al cabo, los primeros fundamentos para un cambio o evolución. Desde el ángulo en que Valle-Inclán escribe, estas míticas figuras

tienen aún mucho de románticos visionarios, circunstancia que el autor explota como un engranaje más en la excelente trabazón de la novela: no debemos perder de vista
que este contraste se da, en las peripecias del libro, ancla-
do en las consecuencias de las grandes revoluciones del
siglo XIX, con su cenefa de pasiones, heroísmos, retóri-
cas sensiblerías y atroces crueldades.

El imaginario país hispanoamericano le sirve a Valle-
Inclán para fustigar —sin palabras especialmente acusa-
doras, solamente por el procedimiento expresionista de las
insinuaciones, de los relámpagos fugaces— cualquier tipo,
no de dictadura concreta, sino de sistema político que de-
grade o rebaje la condición humana reduciéndola a las
fronteras de la animalidad. Sobre la mente de Valle de-
bían pesar las numerosas dictaduras hispanoamericanas
del siglo XIX, especialmente la de don Porfirio Díaz en
México, que conoció directamente y de la que emanan numerosos recuerdos concretos a la vuelta de páginas de TI-
RANO BANDERAS [6].

Está fuera de duda que en la esquemática exposición
de los malos modos de una administración y un desgo-
bierno, Valle tiene presentes los de su propia tierra, los
nada aceptables modos de convivencia españoles, con lo
que la novela se ensancha torrencialmente, de manera aná-
loga a como ocurre con su habla, habla de las dos riberas
atlánticas. TIRANO BANDERAS no es, ni por la forma ni
por el contenido, un hecho aparte en la producción de
Valle-Inclán, quien, por esos años, andaba inmerso en la
creación esperpéntica, donde la realidad de su España mal-

---

[6]   Para la aparición de lo mexicano en Valle véase E. Speratti,
«Valle-Inclán y México» y «La elaboración artística en *Tirano Banderas*», en *De «Sonata de Otoño» al esperpento*, Londres, 1968, y Jorge
Campos: «Tierra caliente, la huella americana en Valle-Inclán», *Cua-
dernos Hispanoamericanos*, núm. 199-200, 1966, págs. 407 y sigs.

trecha y peor condicionada le asaltaba a cada paso. A la vez que la brutal grandeza del dictador hispanoamericano, la figura de algún gobernante español, especialmente la de Miguel Primo de Rivera, a quien Valle atacó con dureza e insistencia, pudo servirle de acicate y de invitación a la universalización del tema. Lo trascendente no es ya la figura o el fantasma propuesto, mera ocasión o pretexto, sino la catastrófica consecuencia de esa actitud endiosada y tiránica, posible no tanto por el talante del dictador como por la cobardía, la capacidad de adulación y la bajeza de ciertos tipos humanos bien representados en TIRANO BANDERAS.

GALERÍA DE PERSONAJES

Valle-Inclán sintetizó la complejidad social hispanoamericana en el *indio*, el *criollo* y el *inmigrante* que, por lo general, llega con aspiración de enriquecimiento. Él mismo expresó paladinamente esa interpretación de la sociedad americana:

> En cuanto a la trama —de TIRANO BANDERAS—, pensé que América está constituida por el indio aborigen, por el criollo y por el extranjero. Al indio, que tanto es allí, alguna vez presidente, como de ordinario paria, lo desenvolví en tres figuras: Generalito Banderas, el paria que sufre el duro castigo del chicote, y el indio del plagio y la bola revolucionaria, Zacarías el Cruzado. El criollo es tipo que, a su vez, desenvolví en tres: el elocuente doctor Sánchez Ocaña; el guerrillero Filomeno Cuevas y el criollo cargado de sentido religioso, de resonancia del de Asís, que es Don Roque Cepeda. El extranjero también lo desenvolví en tres tipos: el Ministro de España, el ricacho Don Celes y el empeñista Señor Peredita. Sobre estas normas, ya lo más sencillo era escribir la novela [7].

---

[7] Entrevista con Gregorio Martínez Sierra publicada en el periódico madrileño *ABC* el 7 de diciembre de 1928.

El *indio* que puede ser alguna vez presidente es Santos
Banderas, el Generalito. Sobre esta figura Valle afila los
recursos de expresividad para ir deshumanizándola al extremo. La hipocresía, la doblez, la pedantería de dómine,
la crueldad indiferente, la vesania, la frialdad calculadora conducida al paroxismo, son sus cualidades, señaladas
en sus gestos y en apostillas a sus frases. Parece un paja-
rraco de mal agüero colocado en el campanario del viejo
monasterio-residencia dispuesto a lanzarse sobre sus propias víctimas. Son, sin embargo, muy perceptibles en él
los resabios de la casta virreinal: un sentimiento de reli-
giosidad dogmática y autoritaria, prejuicios seudointelec-
tuales y, sobre todo, desdén por el indio esclavizado al
que no concede la menor importancia: es el *chingado*, el
lépero, el *pelado*..., es decir, una alucinante procesión de
sombras al fondo de la trágica fantasmagoría, verdadero
irredento de tantas y tantas peripecias históricas.

Esta última figura y su fuerza en potencia se encarnan
en la novela bajo Zacarías el Cruzado. Importa destacar
cómo la ternura y el interés con que Valle se inclina por
él y por lo que él representa consigue corporeidad con una
simple observación: no hay en Zacarías ningún rasgo de
esperpentización caricaturesca. Una serena convicción
ciega en azares sobrehumanos mueve hacia su destino al
indio sufrido, silencioso, exteriormente inexpresivo. Pas-
mado ante la injusticia, le empuja contra ella una poderosa fe, una profunda convicción en que el alma humana
y sus situaciones son perfectibles, de que el hombre tiene
la oscura obligación inexcusable de perseguir esa meta de
superación y de entusiasmo... Valle-Inclán proclama así
su personal confianza en los innominados, a la vez que
su recelo para los medios cultivados o hacia las clases po-
seedoras de abolengo o ranciedades, fácilmente caídas en
corruptelas, falsedades y torpes intereses adjetivos. El
indio Zacarías anuncia trágicamente el porvenir de una

existencia en la que no se hallen asideros para el esperpento.

A continuación del indio minusvalorado y sustrato humano de la cotidiana farsa, Valle coloca al *criollo*, representado por Roque Cepeda, Filomeno Cuevas, el Licenciado Sánchez Ocaña, Veguillas, Doña Rosa Pintado, el Coronelito de la Gándara; una escala en la que entra, o debería entrar, la posible casta directora de unas sociedades nuevas. De ahí el variopinto y complejo panorama que va desde el aliento místico, de voz con trémolos proféticos, hasta el bufón sin dignidad, ridículo en su mezquindad y cobardía, pasando por la oratoria caudalosa, desbordante. De todos ellos se destaca la silueta de *don Roquito*, en el que Valle-Inclán ha pergeñado con evidente amor su recuerdo de Francisco Madero [8]. Roque Cepeda, visionario, apóstol, hombre de profundas intuiciones religiosas mezcladas con ocultismo, de «varias y desconcertantes lecturas, que por el sendero teosófico lindaban con la cábala» (preocupación que también tuvo Francisco Madero [9]), nos llega como cercano pariente de otros personajes valleinclanescos, como, por ejemplo, Fermín Salvochea, de *El Ruedo Ibérico*. Al fondo, y como meta, la inalcanzable urgencia de un mejoramiento, de una perfección social colectiva.

En la estampa de Filomeno Cuevas, Valle predica el sacrificio noble y meditado, el atenazante compromiso. En la forma de su amor a la tierra, y en la de estar constituida

---

[8]   Francisco Madero nació en 1873, en Coahuila, y recibió la formación europeizante de su tiempo y de su clase social adinerada. Intervino activamente en la lucha política contra Porfirio Díaz, lo que le acarreó el destierro en 1910. Fue, finalmente, presidente de la República en 1911. Su muerte —asesinado— fue obra del general Victoriano Huerta, en 1913.

[9]   Véase Mauricio Magdaleno, «Imágenes intemporales de Madero», en *Francisco I. Madero ante la historia. Semblanzas y opiniones*, México, 1973.

su familia —¡ese deje italiano de la abuela emigrante, en el que podemos reconocer, muy aprisa, tantos aspectos de la sociedad hispanoamericana!—, en sus renunciamientos serenos, en su decisión de *hacer historia* al embarcarse en la revolución, Valle-Inclán define, muy expresiva y atinadamente, cuál ha de ser el papel de la auténtica casta criolla.

La otra cara de la política activa criolla la personifica el Licenciado Sánchez Ocaña. En sus discursos —palabras muy bien orquestadas, quizá mejor pronunciadas y, en fin de cuentas, pura pirotecnia estrepitosa— Valle deja entrever toda la garrulería del siglo XIX. La presentación del orador recuerda el sentimiento general de los noventayochistas frente a los políticos y oradores parlamentarios de corte castelarino, discurseadores e ineficaces, que abusan de gestos vacuos, de actitudes inoperantes. Es la misma crítica que los compañeros de generación de Valle aplicaron a los políticos españoles de la Restauración y la Regencia. De una u otra manera, lo hispano general se asoma a la vuelta de cada página de TIRANO BANDERAS [10].

En lo que atañe al Coronelito de la Gándara, Valle-Inclán tuvo muy presente el flujo y reflujo de la conducta de muchos de los generales coetáneos, de ambiguo y vacilante proceder, unas veces pro y otras anti-Madero. Una extraña y grotesca muestra de aliento y prejuicios virreinales, reflejados en una ciega y desorientada voluntad de mando.

Y por último queda por recordar, en la trinidad en que Valle basa la sociedad americana, el *extranjero*. «¡Muera la tiranía! ¡Muera el extranjero!», clama la multitud de indios ensabanados en medio del estrépito y las cachizas del tumulto, en el Circo Harris. Hablando de esos extran-

---

[10]   Véase Manuel Bermejo Marcos, *Valle-Inclán, introducción a su obra,* Salamanca, 1971, págs. 296 y sigs.

jeros, la burla de su ausencia de los problemas del país que los acoge ha sido esgrimida por Valle-Inclán, paseándola por las grotescas reuniones que celebra el Honorable Cuerpo Diplomático, incluso —y a pesar de la enorme simpatía que el autor siente por los mundos paranormales— documentándola en las actividades y argucias del Doctor Polaco. Pero se destaca, por la hondura de su grito, de su denuncia, la particular visión de la colonia española: un diplomático de conducta equívoca y escandalosa, un empeñista usurero, unos cuantos traficantes enriquecidos, la madrona de un prostíbulo... Todos asociados, de un modo u otro, con la anormal situación, humillante y caprichosa, emanada del puro poder personal. La *gachupia*, dice Valle-Inclán, desfila ante el dictador, interesada y aduladora, comportando una fachada característica: «A todos ponía un acento de familia el embarazo de las manos con guantes...» (pág. 44). Gente que es manejada por el Tirano con fría y calculadora eficacia, aprovechándose de la adulación, la avaricia y el egoísmo. El menosprecio de don Ramón por la casta compatriota contrasta vivamente con la actitud fácil y juvenil, de agresivo patriotismo, que demostró en su primer viaje a México. La muñequería, el proceso de esperpentización interior llega aquí al máximo nivel al retratarnos a estos españoles alicortos de espíritu y de amplias ambiciones egoístas [11].

---

[11] Don Celestino Galindo y Don Teodosio del Arco esconden, tras el procedimiento simulador de Valle, a dos notorios personajes de la colonia española, citados por su nombre auténtico en una de las publicaciones fragmentarias de la novela. Uno de ellos, Íñigo Noriega, fue amigo personal de Porfirio Díaz y personalidad importantísima en el mundo del trabajo y de las actividades comerciales. Por otro lado, en el Barón de Benicarlés no importa tanto su relación con alguna identidad concreta, sino que actúa como manifiesto de la preocupación de Valle, que recrudece en él la sátira cargando las tintas.

Lengua y estilo en «Tirano Banderas»

La crítica ha destacado unánimemente el peculiar tratamiento del tiempo en la novela. Se ha citado copiosamente la afirmación del propio Valle: «Ahora, en algo que estoy escribiendo, esta idea de llenar el tiempo como llenaba el Greco el espacio, totalmente, me preocupa.» A este respecto se han traído a colación sus teorías, expuestas en *La lámpara maravillosa*, en las que pasado, presente y futuro se hacen integradores de un todo donde cada fracción mínima de tiempo es «un vientre preñado de eternidad». En Tirano Banderas asistimos a un intercambio de pasado, presente y futuro que pone ante nuestros ojos la acción total, monumental paréntesis en que a veces, a modo de relámpagos, se asoma el devenir fluyente de las acciones encadenadas —las apariciones o las advertencias de la médium sometida a la hipnosis, por ejemplo— Una larga serie de coincidencias en los acaeceres desparramados, unidos en el tiempo no lineal, equivale con gran precisión a la expresión cinematográfica de dicho recurso. Tirano Banderas es novela donde el rigor deslumbrante de los flases nos somete a una falaz ilación, mucho más viva y seguida que la normal narrativa: la simultaneidad y la inversión del tiempo son los factores esenciales en que los asendereados personajes del libro se desviven.

No hace falta extenderse mucho en la técnica del esperpento. La animalización, deformación sistemática, cultivo de lo grotesco, luz de los monstruos de Goya, etc., han sido expresiones o juicios frecuentemente manejados. Estos peleles, fantoches, imágenes zoológicas, máscaras..., no son más que una teatralización mantenida en agudo escorzo para hacer patente la perversidad o la fatuidad de un personaje determinado. Son procedimientos de aguda autodefensa, el último regusto amargo ante una rea-

sea su origen, plantearán un problema diferente al escritor que se encara con ellos dispuesto a vivificarlos: mexicanismos, argentinismos, antillanismos... En muchas ocasiones Valle habrá usado espontáneamente estas voces. Los arcaísmos, en su mayoría, convivirían con el habla nativa de nuestro escritor, habla dialectal, lateral; los antillanismos más corrientes estarían en boca de todo español a fines del siglo XIX. La lengua de TIRANO BANDERAS, fascinadora y desazonante, es en realidad la de todos y cada uno de los hispanohablantes de España y de América, pero lo verdaderamente importante es que Valle ha logrado unir, para siempre, las dos orillas de nuestra lengua, su infinita variedad concreta, dentro de la unidad más rígida: la de la creación literaria. Adelantándose a la reflexión filológica sobre la unidad del español [16], Valle-Inclán, sin teorizar, sin exponer siquiera el problema, demostró esa unidad, tomó partido en la cuestión con un documento excepcional: TIRANO BANDERAS. Si antes del TIRANO a Valle le quedaba pequeña la vieja lengua española, vemos en esta novela un nuevo clima, una afirmación de fe extraordinaria, un rumbo inédito señalado al idioma de horizontes verdaderamente inusitados.

Como todo buen modernista, Valle-Inclán es un excelente recreador de pasajes literarios ajenos: seguir fielmente un texto ajeno, transformarlo, reelaborarlo, a veces transcribirlo, citando, inocente insidia, en la vecindad del trozo, al legítimo autor; *Vive en libro;* pero aquí y allá, la fuente literaria está muy precisa. Ya señala el mismo Valle la presencia del «Doctor Arlt», Gerardo Murillo, escritor y pintor mexicano cuyo relato *La judía* surge finamente reproducido en la narración de un episodio revolu-

---

[16] Véase Ramón Menéndez Pidal, «La unidad del idioma», estudio de 1944 recogido en *Castilla, la tradición, el idioma*, Madrid, Espasa Calpe, Col. Austral, 1954.

cionario. Existe también una dependencia palpable en detalles y vislumbres de algunos episodios de TIRANO BANDERAS respecto de la figura que los cronistas nos legaron de Lope de Aguirre, rebelde y tiránico personaje cuya aventura dejó profundos surcos en los medios literarios de los primeros años del siglo XX [17]. Ramón del Valle-Inclán fue fiel a su condición libresca, pero la trascendencia de TIRANO BANDERAS yace en haber elevado a la cima del pasmo, dolorosa alarma en vilo, la figura del cruel y déspota tirano, el tirano abstracto, cuya ineficacia y perversidad solamente sobre el mal pueden cimentarse.

ALONSO ZAMORA VICENTE.

---

[17]   A través de los cronistas Toribio de Ortiguera, *Jornada del río Marañón*, y Francisco Vázquez, *Relación verdadera de todo lo que sucedió en la jornada de Omagua y Dorado*, Valle ha ido dotando de corporeidad y de andamiaje a gran parte de *Tirano Banderas*. Se ha apuntado también la relación de *Tirano Banderas* con *Los Marañones*, novela histórica de Ciro Bayo que cuenta la aventura de Lope de Aguirre. Véase J. I. Murcia, «Fuentes del último capítulo de *Tirano Banderas,* de Valle-Inclán», en *Bulletin Hispanique*, LIII, 1950, págs. 118-122, y E. Speratti, *La elaboración artística de «Tirano Banderas»*. Sin embargo, conviene recordar que la figura de Lope de Aguirre suena y resuena por el mundillo literario con gran frecuencia. Ya en 1891 figuró en un poema dramático del colombiano Carlos A. Torres. Pío Baroja cayó sobre el personaje en *Las inquietudes de Shanti Andía*, en 1911. Ricardo Palma le incluye en sus *Tradiciones peruanas*. La crítica periodística del momento registró el origen del suceso narrado en el *Tirano* (Gómez de Baquero, Fernández Almagro, etc.). Lope de Aguirre no ha dejado de aparecer en la producción artística (novela, teatro, cine, etc.) hasta nuestros días.

ESTA EDICIÓN

La presente edición sigue la última corregida y publicada por el autor (Imprenta Rivadeneyra, Madrid, 1927) y la publicada en la colección Clásicos Castellanos (núm. 214) de esta misma Editorial.

Un glosario recoge, al final de la obra, breves referencias sobre los personajes que en ella aparecen y aclara el significado de los numerosos americanismos que contiene, además de palabras y expresiones del habla popular y literaria de la época.

TIRANO BANDERAS

NOVELA DE TIERRA CALIENTE

PRÓLOGO

I

Filomeno Cuevas, criollo ranchero, había dispuesto para aquella noche armar a sus peonadas con los fusiles ocultos en un manigual, y las glebas de indios, en difusas líneas, avanzaban por los esteros de Ticomaipu. Luna clara, nocturnos horizontes profundos de susurros y ecos.

II

Saliendo a Jarote Quemado con una tropilla de mayorales, arrendó su montura el patrón, y a la luz de una linterna pasó lista:

—Manuel Romero.

—¡Presente!

—Acércate. No más que recomendarte precaución con ponerte briago. La primera campanada de las doce será la señal. Llevas sobre ti la responsabilidad de muchas vidas, y no te digo más. Dame la mano.

—Mi jefesito, en estas bolucas somos baqueanos.

El patrón repasó el listín:

—Benito San Juan.

—¡Presente!

—¿Chino Viejo te habrá puesto al tanto de tu consigna?

—Chino Viejo no más me ha significado meterme con alguna caballada por los rumbos de la feria y tirarlo todo patas al aire. Soltar algún balazo y no dejar títere sano. La consigna no aparenta mayores dificultades.

—¡A las doce!

—Con la primera campanada. Me acantonaré bajo el reloj de Catedral.

—Hay que proceder de matute y hasta lo último aparentar ser pacíficos feriantes.

—Eso seremos.

—A cumplir bien. Dame la mano.

Y puesto el papel en el cono luminoso de la linterna, aplicó los ojos el patrón:

—Atilio Palmieri.

—¡Presente!

Atilio Palmieri era primo de la niña ranchera: Rubio, chaparro, petulante. El ranchero se tiraba de las barbas caprinas:

—Atilio, tengo para ti una misión muy comprometida.

—Te lo agradezco, pariente.

—Estudia el mejor modo de meter fuego en un convento de monjas, y a toda la comunidad, en camisa, ponerla en la calle escandalizando. Esa es tu misión. Si hallas alguna monja de tu gusto, cierra los ojos. A la gente, que no se tome de la bebida. Hay que operar violento, con la cabeza despejada. ¡Atilio, buena suerte! Procura desenvolver tu actuación sobre los límites de medianoche.

—Conformo, Filomeno, que saldré avante.

—Así lo espero: Zacarías San José.

—¡Presente!

—Para ti ninguna misión especial. A tus luces dejo lo que más convenga. ¿Qué bolichada harías tú esta noche metiéndote, con algunos hombres, por Santa Fe? ¿Cuál sería tu bolichada?

—Con solamente otro compañero dispuesto, revoluciono la feria: Vuelco la barraca de las fieras y abro las jaulas. ¿Qué dice el patrón? ¿No se armaría buena? Con cinco valientes pongo fuego a todos los abarrotes de gachupines. Con veinticinco copo la guardia de los Mostenses.

—¿No más que eso prometes?

—Y muy confiado de darle una sangría a Tirano Banderas. Mi jefesito, en este alforjín que cargo en el arzón van los restos de mi chamaco. ¡Me lo han devorado los chanchos en la ciénaga! No más cargando estos restos, gané en los albures para feriar guaco, y tiré a un gachupín la mangana y escapé ileso de la balasera de los gendarmes. Esta noche saldré bien en todos los empeños.

—Cruzado, toma la gente que precises y realiza ese lindo programa. Nos vemos. Dame la mano. Y pasada esta noche sepulta esos restos. En la guerra el ánimo y la inventiva son los mejores amuletos. Dame la mano.

—¡Mi jefesito, estas ferias van a ser señaladas!

—Eso espero: Crisanto Roa.

—¡Presente!

Era el último de la lista y sopló la linterna el patrón. Las peonadas habían renovado su marcha bajo la luna.

III

El Coronelito de la Gándara, desertado de las milicias federales, discutía con chicanas y burlas los aprestos militares del ranchero:

—¡Filomeno, no seas chivatón, y te pongas a saltar un tajo cuando te faltan las zancas! Es una grave responsabilidad en la que incurres llevando tus peonadas al sacrificio. ¡Te improvisas general y no puedes entender un plano de batallas! Yo soy un científico, un diplomado en la Escuela Militar. ¿La razón no te dice quién debe asu-

mir el mando? ¿Puede ser tan ciego tu orgullo? ¿Tan atre-
vida tu ignorancia?

—Domiciano, la guerra no se estudia en los libros. Todo
reside en haber nacido para ello.

—¿Y tú te juzgas un predestinado para Napoleón?

—¡Acaso!

—¡Filomeno, no macanees!

—Domiciano, convénceme con un plan de campaña que
aventaje al discurrido por mí, y te cedo el mando. ¿Qué
harías tú con doscientos fusiles?

—Aumentarlos hasta formar un ejército.

—¿Cómo se logra eso?

—Levantando levas por los poblados de la Sierra. En
Tierra Caliente cuenta con pocos amigos la revolución.

—¿Ese sería tu plan?

—En líneas generales. El tablero de la campaña debe
ser la Sierra. Los llanos son para las grandes masas militares, pero las guerrillas y demás tropas móviles hallan su
mejor aliado en la topografía montañera. Eso es lo científico, y desde que hay guerras, la estructura del terreno
impone la maniobra. Doscientos fusiles, en la llanura,
están siempre copados.

—¿Tu consejo es remontarnos a la Sierra?

—Ya lo he dicho. Buscar una fortaleza natural, que
supla la exigüidad de los combatientes.

—¡Muy bueno! ¡Eso es lo científico, la doctrina de los
tratadistas, la enseñanza de las Escuelas!… Muy conforme. Pero yo no soy científico, ni tratadista, ni pasé por
la Academia de Cadetes. Tu plan de campaña no me satisface, Domiciano. Yo, como has visto, intento para esta
noche un golpe sobre Santa Fe. De tiempo atrás vengo
meditándolo, y casualmente en la ría, atracado al muelle,
hay un pailebote en descarga. Trasbordo mi gente, y la
desembarco en la playa de Punta Serpientes. Sorprendo
a la guardia del castillo, armo a los presos, sublevo a las

tropas de la Ciudadela. Ya están ganados los sargentos. Ése es mi plan, Domiciano.

—¡Y te lo juegas todo en una baza! No eres un émulo de Fabio Máximo. ¿Qué retirada has estudiado? Olvidas que el buen militar nunca se inmola imprudentemente y ataca con el previo conocimiento de sus líneas de retirada. Ésa es la más elemental táctica fabiana: En nuestras pampas, el que lucha cediendo terreno, si es ágil en la maniobra y sabe manejar la tea petrolera, vence a los Aníbales y Napoleones. Filomeno, la guerra de partidas que hacen los revolucionarios no puede seguir otra táctica que la del romano frente al cartaginés. ¡He dicho!

—¡Muy elocuente!

—Eres un irresponsable que conduce un piño de hombres al matadero.

—Audacia y Fortuna ganan las campañas, y no las matemáticas de las Academias. ¿Cómo actuaron los héroes de nuestra Independencia?

—Como apóstoles. Mitos populares, no grandes estrategas. Simón Bolívar, el primero de todos, fue un general pésimo. La guerra es una técnica científica y tú la conviertes en bolada de ruleta.

—Así es.

—Pues discurres como un insensato.

—¡Posiblemente! No soy un científico, y estoy obligado a no guiarme por otra norma que la corazonada. ¡Voy a Santa Fe, por la cabeza del Generalito Banderas!

—Más seguro que pierdas la tuya.

—Allá lo veremos. Testigo el tiempo.

—Intentas una operación sin refrendo táctico, una mera escaramuza de bandolerismo, contraria a toda la teoría militar. Tu obligación es la obediencia al Cuartel General del Ejército Revolucionario: Ser merito grano de arena en la montaña, y te manifiestas con un acto de indisciplina al operar independiente. Eres ambicioso y soberbio. No me escuches. Haz lo que te parezca. Sacrifica a tus peonadas. Después del sudor, les pides la sangre. ¡Muy bueno!

—De todo tengo hecho mérito en la conciencia, y con tantas responsabilidades y tantos cargos no cedo en mi idea. Es más fuerte la corazonada.

—La ambición de señalarte.

—Domiciano, tú no puedes comprenderme. Yo quiero apagar la guerra con un soplo, como quien apaga una vela.

—¡Y si fracasas, difundir el desaliento en las filas de tus amigos, ser un mal ejemplo!

—O una emulación.

—Después de cien años, para los niños de las Escuelas Nacionales. El presente, todavía no es la Historia, y tiene caminos más realistas. En fin, tanto hablar seca la boca. Pásame tu cantimplora.

Tras del trago, batió la yesca y encendió el chicote apagado, esparciéndose la ceniza por el vientre rotundo de ídolo tibetano.

IV

El patrón, con sólo cincuenta hombres, caminó por marismas y manglares hasta dar vista a un pailebote abordado para la descarga en el muelle de un aserradero. Filomeno ordenó al piloto que pusiese velas al viento para recalar en Punta Serpientes. El sarillo luminoso de un faro giraba en el horizonte. Embarcada la gente, zarpó el pailebote con silenciosa maniobra. Navegó la luna sobre la obra muerta de babor, bella la mar, el barco marinero. Levantaba la proa surtidores de plata y en la sombra del foque un negro juntaba rueda de oyentes: Declamaba versos con lírico entusiasmo, fluente de ceceles. Repartidos en ranchos los hombres de la partida, tiraban del naipe: Aceitosos farolillos discernían los rumbos de juguetas por

escotillones y sollados. Y en la sombra del foque abría su
lírico floripondio de ceceles el negro catedrático:

> Navega, velelo mío,
>   sin temol,
> que ni enemigo navío,
> ni tolmenta, ni bonanza,
> a tolcel tu lumbo alcanza,
> ni a sujetal tu valol.

PRIMERA PARTE

SINFONÍA DEL TRÓPICO

LIBRO PRIMERO

ICONO DEL TIRANO

I

Santa Fe de Tierra Firme —arenales, pitas, manglares, chumberas— en las cartas antiguas, Punta de las Serpientes.

II

Sobre una loma, entre granados y palmas, mirando al vasto mar y al sol poniente, encendía los azulejos de sus redondas cúpulas coloniales San Martín de los Mostenses. En el campanario sin campanas levantaba el brillo de su bayoneta un centinela. San Martín de los Mostenses, aquel desmantelado convento de donde una lejana revolución había expulsado a los frailes, era, por mudanzas del tiempo, Cuartel del Presidente Don Santos Banderas. —Tirano Banderas—.

III

El Generalito acababa de llegar con algunos batallones de indios, después de haber fusilado a los insurrectos de Zamalpoa: Inmóvil y taciturno, agaritado de perfil en una

remota ventana, atento al relevo de guardias en la campa
barcina del convento, parece una calavera con antiparras
negras y corbatín de clérigo. En el Perú había hecho la
guerra a los españoles, y de aquellas campañas veníale la
costumbre de rumiar la coca, por donde en las comisuras
de los labios tenía siempre una salivilla de verde veneno.
Desde la remota ventana, agaritado en una inmovilidad
de corneja sagrada, está mirando las escuadras de indios,
soturnos en la cruel indiferencia del dolor y de la muerte.
A lo largo de la formación chinitas y soldaderas haldea-
ban corretonas, huroneando entre las medallas y las migas
del faltriquero, la pitada de tabaco y los cobres para el
coime. Un globo de colores se quemaba en la turquesa celeste, sobre la campa invadida por la sombra morada del
convento. Algunos soldados, indios comaltes de la selva,
levantaban los ojos. Santa Fe celebraba sus famosas ferias de Santos y Difuntos. Tirano Banderas, en la remota
ventana, era siempre el garabato de un lechuzo.

IV

Venía por el vasto zaguán frailero una escolta de soldados con la bayoneta armada en los negros fusiles, y entre
las filas un roto greñudo, con la cara dando sangre.
Al frente, sobre el flanco derecho, fulminaba el charrasco del Mayor Abilio del Valle. El retinto garabato del bigote dábale fiero resalte al arregaño lobatón de los
dientes que sujetan el fiador del pavero con toquilla
de plata:

—¡Alto!

Mirando a las ventanas del convento, formó la escuadra. Destacáronse dos caporales, que, a modo de preti-
nas, llevaban cruzadas sobre el pecho sendas pencas con
argollones, y despojaron al reo del fementido sabanil que

le cubría las carnes. Sumiso y adoctrinado, con la espalda corita al sol, entróse el cobrizo a un hoyo profundo de tres pies, como disponen las Ordenanzas de Castigos Militares. Los dos caporales apisonaron echando tierra, y quedó soterrado hasta los estremecidos ijares. El torso desnudo, la greña, las manos con fierros, salían fuera del hoyo colmados de negra expresión dramática: Metía el chivón de la barba en el pecho, con furbo atisbo a los caporales que se desceñían las pencas. Señaló el tambor un compás alterno y dio principio el castigo del chicote, clásico en los cuarteles:

—¡Uno! ¡Dos! ¡Tres!

El greñudo, sin un gemido, se arqueaba sobre las manos esposadas, ocultos los hierros en la cavación del pecho. Le saltaban de los costados ramos de sangre, y sujetándose al ritmo del tambor, solfeaban los dos caporales:

—¡Siete! ¡Ocho! ¡Nueve!

V

Niño Santos se retiró de la ventana para recibir a una endomingada diputación de la Colonia Española: El abarrotero, el empeñista, el chulo del braguetazo, el patriota jactancioso, el doctor sin reválida, el periodista hampón, el rico mal afamado, se inclinaban en hilera ante la momia taciturna con la verde salivilla en el canto de los labios. Don Celestino Galindo, orondo, redondo, pedante, tomó la palabra, y con aduladoras hipérboles saludó al glorioso pacificador de Zamalpoa:

—La Colonia Española eleva sus homenajes al benemérito patricio, raro ejemplo de virtud y energía, que ha sabido restablecer el imperio del orden, imponiendo un castigo ejemplar a la demagogia revolucionaria. ¡La Colonia Española, siempre noble y generosa, tiene una oración y una lágrima para las víctimas de una ilusión funesta, de un virus perturbador! Pero la Colonia Española no puede menos de reconocer que en el inflexible cumplimiento de las leyes está la única salvaguardia del orden y el florecimiento de la República.

La fila de gachupines asintió con murmullos: Unos eran toscos, encendidos y fuertes: Otros tenían la expresión cavilosa y hepática de los tenderos viejos: Otros, enjoyados y panzudos, exudaban zurda pedancia. A todos ponía un acento de familia el embarazo de las manos con guantes. Tirano Banderas masculló estudiadas cláusulas de dómine:

—Me congratula ver cómo los hermanos de raza aquí radicados, afirmando su fe inquebrantable en los ideales de orden y progreso, responden a la tradición de la Madre Patria. Me congratula mucho este apoyo moral de la Colonia Hispana. Santos Banderas no tiene la ambición de mando que le critican sus adversarios: Santos Banderas les garanta que el día más feliz de su vida será cuando pueda retirarse y sumirse en la oscuridad a labrar su predio, como Cincinato. Crean, amigos, que para un viejo son fardel muy pesado las obligaciones de la Presidencia. El gobernante, muchas veces precisa ahogar los sentimientos de su corazón, porque el cumplimiento de la ley es la garantía de los ciudadanos trabajadores y honrados: El gobernante, llegado el trance de firmar una sentencia de pena capital, puede tener lágrimas en los ojos, pero a su mano no le está permitido temblar. Esta tragedia del gobernante, como les platicaba recién, es superior a las fuerzas de un viejo. Entre amigos tan leales, puedo declarar mi flaqueza, y les garanto que el corazón se me desgarraba al firmar los fusilamientos de Zamalpoa. ¡Tres noches he pasado en vela!

—¡Atiza!

Se descompuso la ringla de gachupines. Los charolados pies juanetudos cambiaron de loseta. Las manos, enguantadas y torponas, se removieron indecisas, sin saber dónde posarse. En un tácito acuerdo, los gachupines jugaron con las brasileñas leontinas de sus relojes. Acentuó la momia:

—¡Tres días con sus noches en ayuno y en vela!

—¡Arrea!

Era el que tan castizo apostillaba un vinatero montañés, chaparro y negrote, con el pelo en erizo, y el cuello de toro desbordante sobre la tirilla de celuloide: La voz fachendosa tenía la brutalidad intempestiva de una claque de teatro. Tirano Banderas sacó la petaca y ofreció a todos su picadura de Virginia:

—Pues, como les platicaba, el corazón se destroza, y las responsabilidades de la gobernación llegan a constituir una carga demasiado pesada. Busquen al hombre que sostenga las finanzas, al hombre que encauce las fuerzas vitales del país. La República, sin duda, tiene personalidades que podrán regirla con más acierto que este viejo valetudinario. Pónganse de acuerdo todos los elementos representativos, así nacionales como extranjeros...

Hablaba meciendo la cabeza de pergamino: La mirada, un misterio tras las verdosas antiparras. Y la ringla de gachupines balanceaba un murmullo, señalando su aduladora disidencia. Cacareó Don Celestino:

—¡Los hombres providenciales no pueden ser reemplazados sino por hombres providenciales!

La fila aplaudió, removiéndose en las losetas, como ganado inquieto por la mosca. Tirano Banderas, con un gesto cuáquero, estrechó la mano del pomposo gachupín:

—Quédese, Don Celes, y echaremos un partido de ranita.

—¡Muy complacido!

Tirano Banderas, trasmudándose sobre su última palabra, hacía a los otros gachupines un saludo frío y parco:

—A ustedes, amigos, no quiero distraerles de sus ocupaciones. Me dejan mandado.

VI

Una mulata entrecana, descalza, temblona de pechos, aportó con el refresco de limonada y chocolate, dilecto de frailes y corregidores, cuando el virreinato. Con tintín de plata y cristales en las manos prietas, miró la mucama al patroncito, dudosa, interrogante. Niño Santos, con una mueca de la calavera, le indicó la mesilla de campamento que, en el vano de un arco, abría sus compases de araña. La mulata obedeció haldeando. Sumisa, húmeda, lúbrica, se encogía y deslizaba. Mojó los labios en la limonada Niño Santos:

—Consecutivamente, desde hace cincuenta años, tomo este refresco, y me prueba muy medicinal... Se lo recomiendo, Don Celes.

Don Celes infló la botarga:

—¡Cabal, es mi propio refresco! Tenemos los gustos parejos, y me siento orgulloso. ¡Cómo no!

Tirano Banderas, con gesto huraño, esquivó el humo de la adulación, las volutas enfáticas. Manchados de verde los cantos de la boca, se recogía en su gesto soturno:

—Amigo Don Celes, las revoluciones, para acabarlas de raíz, precisan balas de plata.

Reforzó campanudo el gachupín:

—¡Balas que no llevan pólvora ni hacen estruendo!

La momia acogió con una mueca enigmática:

—Esas, amigo, que van calladas, son las mejores. En toda revolución hay siempre dos momentos críticos: El de las ejecuciones fulminantes, y el segundo momento, cuando convienen las balas de plata. Amigo Don Celes, recién esas balas, nos ganarían las mejores batallas. Ahora la política es atraerse a los revolucionarios. Yo hago honor a mis enemigos, y no se me oculta que cuentan con muchos elementos simpatizantes en las vecinas Repúblicas. Entre los revolucionarios, hay científicos que pueden con sus luces laborar en provecho de la Patria. La inteligencia merece respeto. ¿No le parece, Don Celes?

Don Celes asentía con el grasiento arrebol de una sonrisa:

—En un todo de acuerdo. ¡Cómo no!

—Pues para esos científicos quiero yo las balas de plata: Hay entre ellos muy buenas cabezas que lucirían en cotejo con las eminencias del Extranjero. En Europa, esos hombres pueden hacer estudios que aquí nos orienten. Su puesto está en la Diplomacia... En los Congresos Científicos... En las Comisiones que se crean para el Extranjero.

Ponderó el ricacho:

—¡Eso es hacer política sabia!

Y susurró confidencial Generalito Banderas:

—Don Celes, para esa política preciso un gordo amunicionamiento de plata. ¿Qué dice el amigo? Séame leal, y que no salga de los dos ninguna cosa de lo hablado. Le tomo por consejero, reconociendo lo mucho que vale.

Don Celes soplábase los bigotes escarchados de brillantina y aspiraba, deleite de sibarita, las auras barberiles que derramaba en su ámbito. Resplandecía, como búdico vientre, el cebollón de su calva, y esfumaba su pensamiento un sueño de orientales mirajes: La contrata de vituallas para el Ejército Libertador. Cortó el encanto Tirano Banderas:

—Mucho lo medita, y hace bien, que el asunto tiene toda la importancia.

Declamó el gachupín, con la mano sobre la botarga:

—Mi fortuna, muy escasa siempre, y estos tiempos harto quebrantada, en su corta medida está al servicio del Gobierno. Pobre es mi ayuda, pero ella representa el fruto del trabajo honrado en esta tierra generosa, a la cual amo como a una patria de elección.

Generalito Banderas interrumpió con el ademán impaciente de apartarse un tábano:

—¿La Colonia Española no cubriría un empréstito?

—La Colonia ha sufrido mucho estos tiempos. Sin embargo, teniendo en cuenta sus vinculaciones con la República...

El Generalito plegó la boca, reconcentrado en un pensamiento:

—¿La Colonia Española comprende hasta dónde peligran sus intereses con el ideario de la Revolución? Si lo comprende, trabájela usted en el sentido indicado. El Gobierno sólo cuenta con ella para el triunfo del orden: El país está anarquizado por las malas propagandas.

Inflóse Don Celes:

—El indio dueño de la tierra es una utopía de universitarios.

—Conformes. Por eso le decía que a los científicos hay que darles puestos fuera del país, adonde su talento no sea perjudicial para la República. Don Celestino, es indispensable un amunicionamiento de plata, y usted queda comisionado para todo lo referente. Véase con el Secretario de Finanzas. No lo dilate. El Licenciadito tiene estudiado el asunto y le pondrá al corriente: Discutan las garantías y resuelvan violento, pues es de la mayor urgencia balear con plata a los revolucionarios. ¡El extranjero acoge las calumnias que propalan las Agencias! Hemos protestado por la vía diplomática para que sea coaccionada la campaña de difamación, pero no basta. Amigo Don Celes, a su bien tajada péñola le corresponde redactar un documento que, con las firmas de los españoles preeminentes, sirva para ilustrar al Gobierno de la Madre Patria. La Colonia debe señalar una orientación, hacerles saber a los estadistas distraídos que el ideario revolucionario es el peligro amarillo en América. La Revolución representa la ruina de los estancieros españoles. Que lo sepan allá, que se capaciten. ¡Es muy grave el momento, Don Celestino! Por rumores que me llegaron, tengo noti-

cia de cierta actuación que proyecta el Cuerpo Diplomático. Los rumores son de una protesta por las ejecuciones
de Zamalpoa. ¿Sabe usted si esa protesta piensa subscri-
birla el Ministro de España?

Al rico gachupín se le enrojeció la calva:

—¡Sería una bofetada a la Colonia!

—¿Y el Ministro de España, considera usted que sea
sujeto para esas bofetadas?

—Es hombre apático... Hace lo que le cuesta menos trabajo. Hombre poco claro.

—¿No hace negocios?

—Hace deudas, que no paga. ¿Quiere usted mayor negocio? Mira como un destierro su radicación en la República.

—Qué se teme usted ¿una pendejada?

—Me la temo.

—Pues hay que evitarla.

El gachupín simuló una inspiración repentina, con pal-
mada en la frente panzona:

—La Colonia puede actuar sobre el Ministro.

Don Santos rasgó con una sonrisa su verde máscara indiana:

—Eso se llama meter el tejo por la boca de la ranita.
Conviene actuar violento. Los españoles aquí radicados
tienen intereses contrarios a las utopías de la Diplomacia.
Todas esas lucubraciones del protocolo suponen un des-
conocimiento de las realidades americanas. La Humanidad, para la política de estos países, es una entelequia con
tres cabezas: El criollo, el indio y el negro. Tres Humanidades. Otra política para estos climas es pura macana.

El gachupín, barroco y pomposo, le tendió la mano:

—¡Mi admiración crece escuchándole!

—No se dilate, Don Celes. Quiere decirse que se remite
para mañana la invitación que le hice. ¿A usted no le com-
place el juego de la ranita? Es mi medicina para esparcir

el ánimo, mi juego desde chamaco, y lo practico todas las tardes. Muy saludable, no arruina como otros juegos.

El ricacho se arrebolaba:

—¡Asombroso cómo somos de gustos parejos!

—Don Celes, hasta lueguito.

Interrogó el gachupín:

—¿Lueguito será mañana?

Movió la cabeza Don Santos:

—Si antes puede ser, antes. Yo no duermo.

Encomió Don Celes:

—¡Profesor de energía, como dicen en nuestro Diario!

El Tirano le despidió, ceremonioso, desbaratada la voz en una cucaña de gallos.

VII

Tirano Banderas, sumido en el hueco de la ventana, tenía siempre el prestigio de un pájaro nocharniego. Desde aquella altura fisgaba la campa donde seguían maniobrando algunos pelotones de indios, armados con fusiles antiguos. La ciudad se encendía de reflejos sobre la marina esmeralda. La brisa era fragante, plena de azahares y tamarindos. En el cielo, remoto y desierto, subían globos de verbena, con cauda de luces. Santa Fe celebraba sus ferias otoñales, tradición que venía del tiempo de los virreyes españoles. Por la conga del convento, saltarín y liviano, con morisquetas de lechuguino, rodaba el quitrí de Don Celes. La ciudad, pueril ajedrezado de blancas y rosadas azoteas, tenía una luminosa palpitación, acastillada en la curva del Puerto. La marina era llena de cabrilleos, y en la desolación azul, toda azul, de la tarde, encendían su roja llamarada las cornetas de los cuarteles. El quitrí del gachupín saltaba como una araña negra, en el final solanero de Cuesta Mostenses.

VIII

Tirano Banderas, agaritado en la ventana, inmóvil y distante, acrecentaba su prestigio de pájaro sagrado. Cuesta Mostenses flotaba en la luminosidad del marino poniente, y un ciego cribado de viruelas rasgaba el guitarrillo al pie de los nopales, que proyectaban sus brazos como candelabros de Jerusalén. La voz del ciego desgarraba el calino silencio:

—Era Diego Pedernales
de noble generación,
pero las obligaciones
de su sangre no siguió.

LIBRO SEGUNDO

EL MINISTRO DE ESPAÑA

I

La Legación de España se albergó muchos años en un caserón con portada de azulejos y salomónicos miradores de madera, vecino al recoleto estanque francés llamado por una galante tradición Espejillo de la Virreina. El Barón de Benicarlés, Ministro Plenipotenciario de Su Majestad Católica, también proyectaba un misterio galante y malsano, como aquella virreina que se miraba en el espejo de su jardín, con un ensueño de lujuria en la frente. El Excelentísimo Señor Don Mariano Isabel Cristino Queralt y Roca de Togores, Barón de Benicarlés y Maestrante de Ronda, tenía la voz de cotorrona y el pisar de bailarín. Lucio, grandote, abobalicado, muy propicio al cuchicheo y al chismorreo, rezumaba falsas melosidades: Le hacían rollas las manos y el papo: Hablaba con nasales francesas y mecía bajo sus carnosos párpados un frío ensueño de literatura perversa: Era un desvaído figurón, snob literario, gustador de los cenáculos decadentes, con rito y santoral de métrica francesa. La sombra de la ardiente virreina, refugiada en el fondo del jardín, mirando la fiesta de amor sin mujeres, lloró muchas veces, incomprensiva, celosa, tapándose la cara.

II

Santos y Difuntos. En este tiempo, era luminosa y vibrante de tabanquillos y tenderetes la Calzada de la Virreina. El quitrí del gachupín, que rodaba haciendo morisquetas de petimetre, se detuvo ante la Legación Española. Un chino encorvado, la espalda partida por la coleta, regaba el zaguán. Don Celes subió la ancha escalera y cruzó una galería con cuadros en penumbra, tallas, dorados y sedas: El gachupín experimentaba un sofoco ampuloso, una sensación enfática de orgullo y reverencia: Como collerones le resonaban en el pecho fanfarrias de históricos nombres sonoros, y se mareaba igual que en un desfile de cañones y banderas. Su jactancia, ilusa y patriótica, se revertía en los escandidos compases de una música brillante y ramplona: Se detuvo en el fondo de la galería. La puerta luminosa, silenciosa, franca sobre el gran estrado desierto, amortiguó extrañamente al barroco gachupín, y sus pensamientos se desbandaron en fuga, potros cerriles rebotando las ancas. Se apagaron de repente todas las bengalas, y el ricacho se advirtió pesaroso de verse en aquel trámite: Desasistido de emoción, árido, tímido como si no tuviese dinero, penetró en el estrado vacío, turbando la dorada simetría de espejos y consolas.

III

El Barón de Benicarlés, con quimono de mandarín, en el fondo de otra cámara, sobre un canapé, espulgaba meticulosamente a su faldero. Don Celes llegó, mal recobrado el gesto de fachenda entre la calva panzona y las patillas color de canela: Parecía que se le hubiese aflojado la botarga:

—Señor Ministro, si interrumpo, me retiro.

—Pase usted, ilustre Don Celestino.

El faldero dio un ladrido, y el carcamal diplomático, rasgando la boca, le tiró de una oreja:

—¡Calla, Merlín! Don Celes, tan contadas son sus visitas, que ya le desconoce el Primer Secretario.

El carcamal diplomático esparcía sobre la fatigada crasitud de sus labios una sonrisa lenta y maligna, abobada y amable. Pero Don Celes miraba a Merlín, y Merlín le enseñaba los dientes a Don Celes. El Ministro de Su Majestad Católica, distraído, evanescente, ambiguo, prolongaba la sonrisa con una elasticidad inverosímil, como las diplomacias neutrales en año de guerras. Don Celes experimentaba una angustia pueril entre la mueca del carcamal y el hocico aguzado del faldero: Con su gesto adulador y pedante, lleno de pomposo afecto, se inclinó hacia Merlín:

—¿No quieres que seamos amigos?

El faldero, con un ladrido, se recogió en las rodillas de su amo, que adormilaba los ojos huevones, casi blancos, apenas desvanecidos de azul, indiferentes como dos globos de cristal, consonantes con la sonrisa sin término, de una deferencia maquillada y protocolaria. La mano gorja y llena de hoyos, mano de odalisca, halagaba las sedas del faldero:

—¡Merlín, ten formalidad!

—¡Me ha declarado la guerra!

El Barón de Benicarlés, diluyendo el gesto de fatiga por toda su figura crasa y fondona, se dejaba besuquear del faldero. Don Celes, rubicundo entre las patillas de canela, poco a poco, iba inflando la botarga, pero con una sombra de recelo, una íntima y remota cobardía de cómico silbado. Bajo el besuqueo del falderillo, habló, confuso y nasal, el figurón diplomático:

—¿Por dónde se peregrina, Don Celeste? ¿Qué luminosa opinión me trae usted de la Colonia Hispana? ¿No viene usted como Embajador?... Ya tiene usted despejado el camino, ilustre Don Celes.

Don Celes se arrugó con gesto amistoso, aquiescente, fatalista: La frente panzona, la papada apoplética, la botarga retumbante, apenas disimulaban la perplejidad del gachupín. Rió falsamente:

—La tan mentada sagacidad diplomática se ha confirmado una vez más, querido Barón.

Ladró Merlín, y el carcamal le amenazó levantando un dedo:

—No interrumpas, Merlín. Perdone usted la incorrección y continúe, ilustre Don Celes.

Don Celes, por levantarse los ánimos, hacía oración mental, recapacitando los pagarés que tenía del Barón: Luchaba desesperado por no desinflarse: Cerró los ojos:

—La Colonia, por sus vinculaciones, no puede ser ajena a la política del país: Aquí radica su colaboración y el fruto de sus esfuerzos. Yo, por mis sentimientos pacifistas, por mis convicciones de liberalismo bajo la gerencia de gobernantes serios, me hallo en una situación ambigua, entre el ideario revolucionario y los procedimientos sumarísimos del General Banderas. Pero casi me convence la colectividad española, en cuanto a su actuación, porque la más sólida garantía del orden es, todavía, Don Santos Banderas. ¡El triunfo revolucionario traería el caos!

—Las revoluciones, cuando triunfan, se hacen muy prudentes.

—Pero hay un momento de crisis comercial: Los negocios se resienten, oscilan las finanzas, el bandolerismo renace en los campos.

Subrayó el Ministro:

—No más que ahora, con la guerra civil.

—¡La guerra civil! Los radicados de muchos años en el país, ya la miramos como un mal endémico. Pero el ideario revolucionario es algo más grave, porque altera los fundamentos sagrados de la propiedad. El indio, dueño de la tierra, es una aberración demagógica, que no puede prevalecer en cerebros bien organizados. La Colonia profesa unánime este sentimiento: Yo quizá lo acoja con algunas reservas, pero, hombre de realidades, entiendo que la actuación del capital español es antagónica con el espíritu revolucionario.

El Ministro de Su Majestad Católica se recostó en el canapé, escondiendo en el hombro el hocico del faldero:

—Don Celes, ¿y es oficial ese ultimátum de la Colonia?

—Señor Ministro, no es ultimátum. La Colonia pide solamente una orientación.

—¿La pide o la impone?

—No habré sabido explicarme. Yo, como hombre de negocios, soy poco dueño de los matices oratorios, y si he vertido algún concepto por donde haya podido entenderse que ostento una representación oficiosa, tengo especial interés en dejar rectificada plenamente esa suspicacia del Señor Ministro.

El Barón de Benicarlés, con una punta de ironía en el azul desvaído de los ojos, y las manos de odalisca entre las sedas del faldero, diluía un gesto displicente sobre la boca belfona, untada de fatiga viciosa:

—Ilustre Don Celestino, usted es una de las personalidades financieras, intelectuales y sociales más remarcables de la Colonia... Sus opiniones, muy estimables... Sin embargo, usted no es todavía el Ministro de España. ¡Una verdadera desgracia! Pero hay un medio para que usted lo sea, y es solicitar por cable mi traslado a Europa. Yo apoyaré la petición, y le venderé a usted mis muebles en almoneda.

El ricacho se infló de vanidad ingeniosa:

—¿Incluido Merlín para consejero?

El figurón diplomático acogió la agudeza con un gesto frío y lacio, que la borró:

—Don Celes, aconseje usted a nuestros españoles que se abstengan de actuar en la política del país, que se mantengan en una estricta neutralidad, que no quebranten con sus intemperancias la actuación del Cuerpo Diplomático. Perdone, ilustre amigo, que no le acoja más tiempo, pues necesito vestirme para asistir a un cambio de impresiones en la Legación Inglesa.

Y el desvaído carcamal, en la luz declinante de la cámara, desenterraba un gesto chafado, de sangre orgullosa.

IV

Don Celes, al cruzar el estrado, donde la alfombra apagaba el rumor de los pasos, sintió más que nunca el terror de desinflarse. En el zaguán, el chino rancio y coletudo, en una abstracción pueril y maniática, seguía regando las baldosas. Don Celes experimentó todo el desprecio del blanco por el amarillo:

—¡Deja paso, y mira, no me manches el charol de las botas, gran chingado!

Andando en la punta de los pies, con mecimiento de doble suspensión la botarga, llegó a la puerta y llamó al moreno del quitrí, que con otros morenos y rotos refrescaba bajo los laureles de un bochinche: Juego de bolos y piano automático con platillos:

—¡Vamos, vivo, pendejo!

V

Calzada de la Virreina tenía un luminoso bullicio de pregones, guitarros, faroles y gallardetes. Santa Fe se regocijaba con un vértigo encendido, con una calentura de luz y tinieblas: El aguardiente y el facón del indio, la baraja y el baile lleno de lujurias, encadenaban una sucesión de imágenes violentas y tumultuosas. Sentíase la oscura y desolada palpitación de la vida sobre la fosa abierta. Santa Fe, con una furia trágica y devoradora del tiempo, escapaba del terrorífico sopor cotidiano, con el grito de sus ferias, tumultuoso como un grito bélico. En la lumbrada del ocaso, sobre la loma de granados y palmas, encendía los azulejos de sus redondas cúpulas coloniales San Martín de los Mostenses.

LIBRO TERCERO

EL JUEGO DE LA RANITA

I

Tirano Banderas, terminado el despacho, salió por la arcada del claustro bajo al Jardín de los Frailes. Le seguían compadritos y edecanes:

—¡Se acabó la obligación! ¡Ahora, si les parece bien, mis amigos, vamos a divertir honestamente este rabo de tarde, en el jueguito de la rana!

Rancio y cumplimentero, invitaba para la trinca, sin perder el rostro sus vinagres, y se pasaba por la calavera el pañuelo de hierbas, propio de dómine o donado.

II

El Jardín de los Frailes, geométrica ruina de cactus y laureles, gozaba la vista del mar: Por las mornas tapias corrían amarillos lagartos: En aquel paraje estaba el juego de la rana, ya crepuscular, recién pintado de verde. El Tirano, todas las tardes esparcía su tedio en este divertimiento: Pausado y prolijo, rumiando la coca, hacía sus tiradas, y en los yerros, su boca rasgábase toda verde, con una mueca: Se mostraba muy codicioso y atento a los lances del juego, sin ser parte a distraerle las descargas de fusilería que levantaban cirrus de humo a lo lejos, por la banda de la marina. Las sentencias de muerte se cumplimentaban al ponerse el sol, y cada tarde era pasada por las armas alguna cuerda de revolucionarios. Tirano Banderas, ajeno a la fusilería, cruel y vesánico, afinaba el punto apretando la boca. Los cirrus de humo volaban sobre el mar.

—¡Rana!

El Tirano, siempre austero, vuelto a la trinca de compadres, desplegaba el pañuelo de dómine, enjugándose el cráneo pelado:

—¡Aprendan, y no se distraigan del juego con macanas!

Un vaho pesado, calor y catinga, anunciaba la proximidad de la manigua, donde el crepúsculo enciende, con las estrellas, los ojos de los jaguares.

III

Aquella india vieja, acurrucada en la sombra de un toldillo, con el bochinche de limonada y aguardiente, se ha hispido, remilgada y corretona bajo la seña del Tirano:

—¡Horita, mi jefe!

Doña Lupita cruza las manos enanas y orientales, apretándose al pecho los cabos del rebocillo, tirado de priesa sobre la greña: Tenía esclava la sonrisa y los ojos oblicuos de serpiente sabia: Los pies descalzos, pulidos como las manos: Engañosa de mieles y lisonjas la plática:

—¡Mándeme, no más, mi Generalito!

Generalito Banderas doblaba el pañuelo, muy escrupuloso y espetado:

—¿Se gana plata, Doña Lupita?

—¡Mi jefecito, paciencia se gana! ¡Paciencia y trabajos, que es ganar la Gloria Bendita! Viernes pasado compré un mecate para me ajorcar, y un ángel se puso de por medio. ¡Mi jefecito, no di con una escarpia!

Tirano Banderas, parsimonioso, rumiaba la coca, tembladera la quijada y saltante la nuez:

—¿Diga, mi vieja, qué le sucedió al mecatito?

—A la Santa de Lima amarrado se lo tengo, mi jefecito.

—¿Qué le solicita, vieja?

—Niño Santos, pues que su merced disfrute mil años de soberanía.

—¡No me haga pendejo, Doña Lupita! ¿De qué año son las enchiladas?

—¡Merito acaban de enfriarse, patroncito!

—¿Qué otra cosa tiene en la mesilla?

—Coquitos de agua. ¡La chicha muy superior, mi jefecito! Aguardiente para el gauchaje.

—Pregúntele, vieja, el gusto a los circunstantes, y sirva la convidada.

Doña Lupita, torciendo la punta del rebocillo, interrogó al concurso que acampaba en torno de la rana, adulador y medroso ante la momia del Tirano:

—¿Con qué gustan mis jefecitos de refrescarse? Les antepongo que solamente tres copas tengo. Denantes, pasó un coronelito briago, que todo me lo hizo cachizas, caminándose sin pagar el gasto.

El Tirano formuló lacónico:

—Denúncielo en forma y se hará justicia.

Doña Lupita jugó el rebocillo como una dama de teatro:

—¡Mi Generalito, el memorialista no moja la pluma sin tocar por delante su estipendio!

Marcó un temblor la barbilla del Tirano:

—Tampoco es razón. A mi sala de audiencias puede llegar el último cholo de la República. Licenciado Sóstenes Carrillo, queda a su cargo instruir el proceso en averiguación del supuesto fregado...

IV

Doña Lupita, corretona y haldeando, fue a sacar los cocos puestos bajo una cobertera de palmitos en la tierra regada. El Tirano, sentado en el poyo miradero de los frailes, esparcía el ánimo cargado de cuidados: Sobre el bastón con borlas doctorales y puño de oro, cruzaba la cera de las manos: En la barbilla, un temblor; en la boca verdosa, un gesto ambiguo de risa, mofa y vinagre:

—Tiene mucha letra la guaina, Señor Licenciado.

—Patroncito, ha visto la chuela.

—Muy ocurrente en las leperadas. ¡Puta madre! Va para el medio siglo que la conozco, de cuando fui abanderado en el Séptimo Ligero: Era nuestra rabona.

Doña Lupita amusgaba la oreja, haldeando por el jacalito. El Licenciado recayó con apremio chuflero:

—¡No se suma, mi vieja!

—En boca cerrada no entran moscas, valedorcito.

—No hay sello para una vuelta de mancuerda.

—¡Santísimo Juez!

—¿Qué jefe militar le arrugó el tenderete, mi vieja?

—¡Me aprieta, niño, y me expone a una venganza!

—No se atore y suelte el gallo.

—No me sea mala reata, Señor Licenciado.

El Señor Licenciado era feliz, rejoneando a la vieja por divertir la hipocondría del Tirano. Doña Lupita, falsa y apenujada, trajo las palmas con el fruto enracimado, y un tranchete para rebanarlo. El Mayor Abilio del Valle, que se preciaba de haber cortado muchas cabezas, pidió la gracia de meter el facón a los coquitos de agua: Lo hizo con destreza mambís: Bélico y triunfador, ofrendó como el cráneo de un cacique enemigo, el primer coquito al Tirano. La momia amarilla desplegó las manos y tomó una mitad pulcramente:

—Mayorcito, el concho que resta, esa vieja maulona que se lo beba. Si hay ponzoña, que los dos reventemos.

Doña Lupita, avizorada, tomó el concho, saludando y bebiendo:

—Mi Generalito, no hay más que un firme acatamiento en esta cuera vieja: ¡El Señor San Pedro y toda la celeste cofradía me sean testigos!

Tirano Banderas, taciturno, recogido en el poyo, bajo la sombra de los ramajes, era un negro garabato de lechuzo. Raro prestigio cobró de pronto aquella sombra, y aquella voz de caña hueca, raro imperio:

—Doña Lupita, si como dice me aprecia, declare el nombre del pendejo briago que en tan poco se tiene. Luego luego, vos veréis, vieja, que también la aprecia Santos Banderas. Dame la mano, vieja...

—Taitita, dejá sos la bese.

Tirano Banderas oyó, sin moverse, el nombre que temblando le secreteó la vieja. Los compadritos, en torno de la rana, callaban amusgados, y a hurto se hacían alguna seña. La momia indiana:

—¡Chac, chac!

V

Tirano Banderas, con paso de rata fisgona, seguido por los compadritos, abandonó el juego de la rana: Al cruzar el claustro, un grupo de uniformes que choteaba en el fondo, guardó repentino silencio. Al pasar, la momia escrutó el grupo, y con un movimiento de cabeza, llamó al Coronel-Licenciado López de Salamanca, Jefe de Policía:

—¿A qué hora está anunciado el acto de las Juventudes Democráticas?

—A las diez.

—¿En el Circo Harris?

—Eso rezan los carteles.

—¿Quién ha solicitado el permiso para el mitin?
—Don Roque Cepeda.
—¿No se le han puesto obstáculos?
—Ninguno.
—¿Se han cumplimentado fielmente mis instrucciones?
—Tal creo...
—La propaganda de ideales políticos, siempre que se realice dentro de las leyes, es un derecho ciudadano y merece todos los respetos del Gobierno.

El Tirano torcía la boca con gesto maligno. El Jefe de Policía, Coronel-Licenciado López de Salamanca, atendía con burlón desenfado:
—Mi General, en caso de mitote, ¿habrá que suspender el acto?
—El Reglamento de Orden Público le evacuará cumplidamente cualquier duda.

El Coronel-Licenciado asintió con zumba gazmoña:
—Señor Presidente, la recta aplicación de las leyes será la norma de mi conducta.
—Y en todo caso, si usted procediese con exceso de celo, cosa siempre laudable, no le costará gran sacrificio presentar la renuncia del cargo. Sus servicios —al aceptarla— sin duda que los tendría en consideración el Gobierno.

Recalcó el Coronel-Licenciado:
—¿El Señor Presidente no tiene otra cosa que mandarme?
—¿Ha proseguido las averiguaciones referentes al relajo y viciosas costumbres del Honorable Cuerpo Diplomático?
—Y hemos hecho algún descubrimiento sensacional.
—En el despacho de esta noche tendrá a bien enterarme.

El Coronel-Licenciado saludó:
—¡A la orden, mi General!

La momia indiana todavía le detuvo, exprimiendo su verde mueca:

—Mi política es el respeto a la ley. Que los gendarmes garantan el orden en Circo Harris. ¡Chac! ¡Chac! Las Juventudes Democráticas ejemplarizan esta noche practicando un ejercicio ciudadano.

Chanceó el Jefe de Policía:

—Ciudadano y acrobático.

El Tirano, ambiguo y solapado, plegó la boca con su mueca verde:

—¡Pues, y quién sabe!... ¡Chac! ¡Chac!

VI

Tirano Banderas caminó taciturno. Los compadres, callados como en un entierro, formaban la escolta detrás. Se detuvo en la sombra del convento, bajo el alerta del guaita, que en el campanario sin campanas clavaba la luna con la bayoneta. Tirano Banderas estúvose mirando el cielo de estrellas: Amaba la noche y los astros: El arcano de bellos enigmas recogía el dolor de su alma tétrica: Sabía numerar el tiempo por las constelaciones: Con la matemática luminosa de las estrellas se maravillaba: La eternidad de las leyes siderales abría una coma religiosa en su estoica crueldad indiana. Atravesó la puerta del convento bajo el grito nocturno del guaita en la torre, y el retén, abriendo filas, presentó armas. Tirano Banderas, receloso, al pasar, escudriñaba el rostro oscuro de los soldados.

SEGUNDA PARTE

BOLUCA Y MITOTE

LIBRO PRIMERO

CUARZOS IBÉRICOS

I

Amarillos y rojos mal entonados, colgaban los balcones del Casino Español. En el filo luminoso de la terraza, petulante y tilingo, era el quitrí de Don Celes.

II

—¡Mueran los gachupines!
—¡Mueran!...
El Circo Harris, en el fondo del parque, perfilaba la cúpula diáfana de sus lonas bajo el cielo verde de luceros. Apretábase la plebe vocinglera frente a las puertas, en el guiño de los arcos voltaicos. Parejas de caballería estaban de cantón en las bocacalles, y mezclados entre los grupos, huroneaban los espías del Tirano. Aplausos y vítores acogieron la aparición de los oradores: Venían en grupo, rodeados de estudiantes con banderas: Saludaban agitando los sombreros, pálidos, teatrales, heroicos. La marejada tumultuaria del gentío, bajo la porra legislado-

ra de los gendarmes, abría calle ante las puertas del Circo.
Las luces del interior daban a la cúpula de lona una dia-
fanidad morena. Sucesivos grupos con banderas y bengalas, aplausos y amotinados clamores, a modo de reto, gri-
taban frente al Casino Español:

—¡Viva Don Roque Cepeda!

—¡Viva el libertador del indio!

—¡Vivaaa!...

—¡Muera la tiranía!

—¡Mueraaa!...

—¡Mueran los gachupines!

—¡Mueran!...

III

El Casino Español —floripondios, doradas lámparas,
rimbombantes moldurones— estallaba rubicundo y bronco, resonante de bravatas. La Junta Directiva clausuraba
una breve sesión, sin acta, con acuerdos verbales y secretos. Por los salones, al sesgo de la farra valentona, comenzaban solapados murmullos. Pronto corrió, sin reca-
to, el complot para salir en falange y deshacer el mitin
a estacazos. La charanga gachupina resoplaba un brami-
do patriota: Los calvos tresillistas dejaban en el platillo
las puestas: Los cerriles del dominó golpeaban con las fi-
chas y los boliches de gaseosas: Los del billar salían a los
balcones blandiendo los tacos. Algunas voces tartufas de
empeñistas y abarroteros, reclamaban prudencia y una escolta de gendarmes para garantía del orden. Luces y voces
ponían una palpitación chula y politiquera en aquellos salones decorados con la emulación ramplona de los despa-
chos ministeriales en la Madre Patria: De pronto la falange gachupina acudió en tumulto a los balcones. Gritos
y aplausos:

—¡Viva España!

—¡Viva el General Banderas!

—¡Viva la raza latina!

—¡Viva el General Presidente!

—¡Viva Don Pelayo!

—¡Viva el Pilar de Zaragoza!

—¡Viva Don Isaac Peral!

—¡Viva el comercio honrado!

—¡Viva el Héroe de Zamalpoa!

En la calle, una tropa de caballos acuchillaba a la plebe ensabanada y negruzca, que huía sin sacar el facón del pecho.

IV

Bajo la protección de los gendarmes, la gachupia balandrona se repartió por las mesas de la terraza. Desafíos, jactancias, palmas. Don Celes tascaba un largo veguero entre dos personajes de su prosapia: Míster Contum, aventurero yanqui con negocios de minería, y un estanciero español, señalado por su mucha riqueza, hombre de cortas luces, alavés duro y fanático, con una supersticiosa devoción por el principio de autoridad que aterroriza y sobresalta. Don Teodosio del Araco, ibérico granítico, perpetuaba la tradición colonial del encomendero. Don Celes peroraba con vacua egolatría de ricacho, puesto el hito de su elocuencia en deslumbrar al mucamo que le servía el café. La calle se abullangaba. La pelazón de indios hacía rueda en torno de las farolas y retretas que anunciaban el mitin. Don Teodosio, con vinagre de inquisidor, sentenció lacónico:

—¡Vean no más, qué mojiganga!

Se arreboló de suficiencia Don Celes:

—El Gobierno del General Banderas, con la autorización de esta propaganda, atestigua su respeto por todas las opiniones políticas. ¡Es un acto que acrecienta su prestigio! El General Banderas no teme la discusión, autoriza el debate. Sus palabras, al conceder el permiso para el mitin de esta noche, merecen recordarse: «En la ley encontrarán los ciudadanos el camino seguro para ejercitar pacíficamente sus derechos.» ¡Convengamos que así sólo habla un gran gobernante! Yo creo que se harán históricas las palabras del Presidente.

Apostilló lacónico Don Teodosio del Araco:

—¡Lo merecen!

Míster Contum consultó su reloj:

—Estar mucho interesante oír los discursos. Así mañana estar bien enterado mí. Nadie lo contar mí. Oírlo de las orejas.

Don Celes arqueaba la figura con vacua suficiencia.

—¡No vale la pena de soportar el sofoco de esa atmósfera viciada!

—Mí interesarse por oír a Don Roque Cepeda.

Y Don Teodosio acentuaba su rictus bilioso:

—¡Un loco! ¡Un insensato! Parece mentira que hombre de su situación financiera se junte con los rotos de la revolución, gente sin garantías.

Don Celes insinuaba con irónica lástima:

—Roque Cepeda es un idealista.

—Pues que lo encierren.

—Al contrario: Dejarle libre la propaganda. ¡Ya fracasará!

Don Teodosio movía la cabeza, recomido de suspicacias:

—Ustedes no controlan la inquietud que han llevado al indio del campo las predicaciones de esos perturbados. El indio es naturalmente ruin, jamás agradece los beneficios del patrón, aparenta humildad y está afilando el cuchillo: Sólo anda derecho con el rebenque: Es más flojo, trabaja menos y se emborracha más que el negro antillano. Yo he tenido negros, y les garanto la superioridad del moreno sobre el indio de estas Repúblicas del Mar Pacífico.

Dictaminó Míster Contum, con humorismo fúnebre:

—Si el indio no ser tan flojo, no vivir mucho demasiado seguros los cueros blancos en este Paraíso de Punta de Serpientes.

Abanicándose con el jipi, asentía Don Celes:

—¡Indudable! Pero en ese postulado se contiene que el indio no es apto para las funciones políticas.

Don Teodosio se apasionaba:

—Flojo y alcoholizado, necesita el fustazo del blanco que le haga trabajar y servir a los fines de la sociedad.

Tornó el yanqui de los negocios mineros:

—Míster Araco, si puede estar una preocupación el peligro amarillo, ser en estas Repúblicas.

Don Celes infló la botarga patriótica, haciendo sonar todos los dijes de la gran cadena que, tendida de bolsillo a bolsillo, le ceñía la panza:

—Estas Repúblicas, para no desviarse de la ruta civilizadora, volverán los ojos a la Madre Patria. ¡Allí refulgen los históricos destinos de veinte naciones!

Míster Contum alargó, con un gesto desdeñoso, su magro perfil de loro rubio:

—Si el criollaje perdura como dirigente, lo deberá a los barcos y a los cañones de Norteamérica.

El yanqui entornaba un ojo, mirándose la curva de la nariz. Y la pelazón de indios seguía gritando en torno de las farolas que anunciaban el mitin:

—¡Muera el Tío Sam!

—¡Mueran los gachupines!

—¡Muera el gringo chingado!

V

El Director de *El Criterio Español,* en un velador inmediato, sorbía el refresco de piña, soda y kirsch que hizo famoso al cantinero del Metropol Room. Don Celes, redondo y pedante, abanicándose con el jipi, salió a los medios de la acera:

—¡Mi felicitación por el editorial! En todo conforme con su tesis.

El Director-Propietario de *El Criterio Español* tenía una pluma hiperbólica, patriotera y ramplona, con fervientes devotos en la gachupia de empeñistas y abarroteros. Don Nicolás Díaz del Rivero, personaje cauteloso y bronco, disfrazaba su falsía con el rudo acento del Ebro: En España habíase titulado carlista, hasta que estafó la caja del 7.º de Navarra: En Ultramar exaltaba la causa de la Monarquía Restaurada: Tenía dos grandes cruces, un título flamante de conde, un Banco sobre prendas y ninguna de hombre honesto. Don Celes se acercó confidencial, el jipi sobre la botarga, apartándose el veguero de la boca y tendiendo el brazo con ademán aparatoso:

—¿Y qué me dice de la representación de esta noche? ¿Leeremos la reseña mañana?

—Lo que permita el lápiz rojo. Pero, siéntese usted, Don Celes. Tengo destacados mis sabuesos, y no dejará de llegar alguno con noticias. ¡Ojalá no tengamos que lamentar esta noche alguna grave alteración del orden! En estas propagandas revolucionarias las pasiones se desbordan...

Don Celes arrastró una mecedora, y se apoltronó, siempre abanicándose con el panameño:

—Si ocurriese algún desbordamiento de la plebe, yo haría responsable a Don Roque Cepeda. ¿Ha visto usted ese loco lindo? No le vendría mal una temporada en Santa Mónica.

El Director de *El Criterio Español* se inclinó, confidencial, apagando la procelosa voz, cubriéndola con un gran gesto arcano:

—Pudiera ser que ya le tuviesen armada la ratonera. ¿Qué impresiones ha sacado usted de su visita al General?

—Al General le inquieta la actitud del Cuerpo Diplomático. Tiene la preocupación de no salirse de la legalidad, y eso a mi ver justifica la autorización para el mitin. O quizá lo que usted indicaba recién. ¡Una ratonera!...

—¿Y no le parece que sería un golpe de maestro? Pero acaso la preocupación que usted ha observado en el Presidente... Aquí tenemos al Vate Larrañaga. Acérquese, Vate...

VI

El Vate Larrañaga era un joven flaco, lampiño, macilento, guedeja romántica, chalina flotante, anillos en las manos enlutadas: Una expresión dulce y novicia de alma apasionada: Se acercó con tímido saludo:

—Mero, mero, inició los discursos el Licenciado Sánchez Ocaña.

Cortó el Director:

—¿Tiene usted las notas? Hágame el favor. Yo las veré y las mandaré a la imprenta. ¿Qué impresión en el público?

—En la masa, un gran efecto. Alguna protesta en la cazuela, pero se han impuesto los aplausos. El público es suyo.

Don Celes contemplaba las estrellas, humeando el veguero:

—¿Real y verdaderamente es un orador elocuente el Licenciado Sánchez Ocaña? En lo poco que le tengo tratado, me ha parecido una medianía.

El Vate sonrió tímidamente, esquivando su opinión.

Don Nicolás Díaz del Rivero pasaba el fulgor de sus que-vedos sobre las cuartillas. El Vate Larrañaga, encogido y silencioso, esperaba. El Director levantó la cabeza:

—Le falta a usted intención política. Nosotros no po-demos decir que el público premió con una ovación la pre-sencia del Licenciado Sánchez Ocaña. Puede usted escri-bir: Los aplausos oficiosos de algunos amigos no lograron ocultar el fracaso de tan difusa pieza oratoria, que tuvo de todo, menos de ciceroniana. Es una redacción de ele-mental formulario. ¡Cada día es usted menos periodista!

El Vate Larrañaga sonrió tímidamente:

—¡Y temía haberme excedido en la censura!

El Director repasaba las cuartillas:

—Tuvo lugar, es un galicismo.

Rectificó complaciente el Vate:

—Tuvo verificativo.

—No lo admite la Academia.

Traía el viento un apagado oleaje de clamores y aplau-sos. Lamentó Don Celes con hueca sonoridad:

—La plebe en todas partes se alucina con metáforas.

El Director-Propietario miró con gesto de reproche al sumiso noticiero:

—¿Pero esos aplausos? ¿Sabe usted quién está en el uso de la palabra?

—Posiblemente seguirá el Licenciado.

—¿Y usted qué hace aquí? Vuélvase y ayude al compa-ñero. Vatecito, oiga: Una idea que, si acertase a desen-volverla, le supondría un éxito periodístico: Haga la rese-ña como si se tratase de una función de circo, con loros amaestrados. Acentúe la soflama. Comience con la más cumplida felicitación a la Empresa de los Hermanos Harris.

Se infló Don Celes:

—¡Ya apareció el periodista de raza!

El Director declinó el elogio con arcano fruncimiento

de cejas y labio: Continuó dirigiéndose al macilento Vatecito:

—¿Quién tiene de compañero?

—Fray Mocho.

—¡Que no se tome de bebida ese ganado!

El Vate Larrañaga se encogió, inhibiéndose con su apagada sonrisa:

—Hasta lueguito.

Tornaba el vuelo de los aplausos.

VII

Sobre el resplandor de las aceras, gritos de vendedores ambulantes: Zigzag de nubios limpiabotas: Bandejas tintineantes, que portan en alto los mozos de los bares americanos: Vistosa ondulación de niñas mulatas, con la vieja de rebocillo al flanco. Formas, sombras, luces se multiplican trenzándose, promoviendo la caliginosa y alucinante vibración oriental que resumen el opio y la marihuana.

LIBRO SEGUNDO

EL CIRCO HARRIS

I

El Circo Harris, entre ramajes y focos voltaicos, abría su parasol de lona morena y diáfana. Parejas de gendarmes decoraban con rítmicos paseos las iluminadas puertas, y los lacios bigotes, y las mandíbulas encuadradas por las carrilleras, tenían el espavento de carátulas chinas. Grupos populares se estacionaban con rumorosa impaciencia por las avenidas del Parque: Allí el mayoral de poncho y machete, con el criollo del jarano platero, y el pelado de sabanil y el indio serrano. En el fondo, el diáfano parasol triangulaba sus candiles sobre el cielo verde de luceros.

II

El Vate Larrañaga, con revuelo de zopilote, negro y lacio, cruzó las aceradas filas de gendarmes y penetró bajo la cúpula de lona, estremecida por las salvas de aplausos. Aún cantaba su aria de tenor el Licenciado Sánchez

Ocaña. El Vatecito, enjugándose la frente, deshecho el lazo de la chalina, tomó asiento, a la vera de su colega Fray Mocho: Un viejales con mugre de chupatintas, picado de viruelas y gran nariz colgante, que acogió al compañero con una bocanada vinosa:

—¡Es una pieza oratoria!

—¿Tomaste vos notas?

—¡Qué va! Es torrencial.

—¡Y no acaba!

—La tomó de muy largo.

III

El orador desleía el boladillo en el vaso de agua: Cataba un sorbo: Hacía engalle: Se tiraba de los almidonados puños:

—Las antiguas colonias españolas, para volver a la ruta de su destino histórico, habrán de escuchar las voces de las civilizaciones originarias de América. Sólo así dejaremos algún día de ser una colonia espiritual del Viejo Continente. El Catolicismo y las corruptelas jurídicas cimentan toda la obra civilizadora de la latinidad en nuestra América. El Catolicismo y las corruptelas jurídicas son grilletes que nos mediatizan a una civilización en descrédito, egoísta y mendaz. Pero si renegamos de esta abyección jurídico religiosa, sea para forjar un nuevo vínculo, donde revivan nuestras tradiciones de comunismo milenario, en un futuro pleno de solidaridad humana, el futuro que estremece con pánicos temblores de cataclismo el vientre del mundo.

Apostilló una voz:

—¡De tu madre!

Se produjo súbito tumulto: Marejada, repelones, gritos y brazos por alto. Los gendarmes, sacaban a un cholo con la cabeza abierta de un garrotazo. El Licenciado Sánchez Ocaña, un poco pálido, con afectación teatral, sonreía removiendo la cucharilla en el vaso del agua. El Vatecito murmuró palpitante, inclinándose al oído de Fray Mocho:

—¡Quién tuviera una pluma independiente! El patrón quiere una crítica despiadada...

Fray Mocho sacó del pecho un botellín y se agachó besando el gollete:

—¡Muy elocuente!

—Es un oprobio tener vendida la conciencia.

—¡Qué va! Vos no vendés la conciencia. Vendés la pluma, que no es lo mismo.

—¡Por cochinos treinta pesos!

—Son los fríjoles. No hay que ser poeta. ¿Querés vos soplar?

—¿Qué es ello?

—¡Chicha!

—No me apetece.

IV

El orador sacaba los puños, lucía las mancuernas, se acercaba a las luces del proscenio. Le acogió una salva de aplausos: Con saludo de tenor remontóse en su aria:

—El criollaje conserva todos los privilegios, todas las premáticas de las antiguas leyes coloniales. Los libertadores de la primera hora no han podido destruirlas, y la raza indígena, como en los peores días del virreinato, sufre la esclavitud de la Encomienda. Nuestra América se ha independizado de la tutela hispánica, pero no de sus prejuicios, que sellan con pacto de fariseos, Derecho y Catolicismo. No se ha intentado la redención del indio que, escarnecido, indefenso, trabaja en los latifundios y en las

minas, bajo el látigo del capataz. Y esa obligación reden-
tora debe ser nuestra fe revolucionaria, ideal de justicia
más fuerte que el sentimiento patriótico, porque es anhe-
lo de solidaridad humana. El Océano Pacífico, el mar de
nuestros destinos raciales, en sus más apartados parajes,
congrega las mismas voces de fraternidad y de protesta.
Los pueblos amarillos se despiertan, no para vengar agra-
vios, sino para destruir la tiranía jurídica del capitalismo,
piedra angular de los caducos Estados Europeos. El Océano Pacífico acompaña el ritmo de sus mareas con las voces
unánimes de las razas asiáticas y americanas, que en angustioso sueño de siglos, han gestado el ideal de una nueva
conciencia, heñida con tales obligaciones, con tales sacri-
ficios, con tan arduo y místico combate, que forzosamente
se aparecerá delirio de brahamanes a la sórdida civilización europea, mancillada con todas las concupiscencias
y los egoísmos de la propiedad individual. Los Estados
Europeos, nacidos de guerras y dolos, no sienten la vergüenza de su historia, no silencian sus crímenes, no re-
pugnan sus rapiñas sangrientas. Los Estados Europeos llevan la deshonestidad hasta el alarde orgulloso de sus
felonías, hasta la jactancia de su cínica inmoralidad a través de los siglos. Y esta degradación se la muestran como
timbre de gloria a los coros juveniles de sus escuelas. Frente a nuestros ideales, la crítica de esos pueblos es la crítica
del romano frente a la doctrina del Justo. Aquel obeso
patricio, encorvado sobre el vomitorio, razonaba con las
mismas bascas. Dueño de esclavos, defendía su propiedad: Manchado con las heces de la gula y del hartazgo,
estructuraba la vida social y el goce de sus riquezas sobre
el postulado de la servidumbre: Cuadrillas de esclavos hacían la siega de la mies: Cuadrillas de esclavos bajaban
al fondo de la mina: Cuadrillas de esclavos remaban en
el trirreme. La agricultura, la explotación de los metales,
el comercio del mar, no podrían existir sin el esclavo, ra-

zonaba el patriciado de la antigua Roma. Y el hierro del amo en la carne del esclavo se convertía en un precepto ético, inherente al bien público y a la salud del Imperio. Nosotros, más que revolucionarios políticos, más que hombres de una patria limitada y tangible, somos catecúmenos de un credo religioso. Iluminados por la luz de una nueva conciencia, nos reunimos en la estrechez de este recinto, como los esclavos de las catacumbas, para crear una Patria Universal. Queremos convertir el peñasco del mundo en ara sidérea donde se celebre el culto de todas las cosas ordenadas por el amor. El culto de la eterna armonía, que sólo puede alcanzarse por la igualdad entre los hombres. Demos a nuestras vidas el sentido fatal y desinteresado de las vidas estelares; liguémonos a un fin único de fraternidad, limpias las almas del egoísmo que engendra el tuyo y el mío, superados los círculos de la avaricia y del robo.

V

Nuevo tumulto. Una tropa de gachupines, jaquetona y cerril, gritaba en la pista:

—¡Atorrante!

—¡Guarango!

—¡Pelado!

—¡Carente de plata!

—¡Divorciado de la Ley!

—¡Muera la turba revolucionaria!

La gachupia enarbolaba gritos y garrotes al amparo de los gendarmes. En concierto clandestino, alborotaban por la gradería los disfrazados esbirros del Tirano. Arreciaba la escaramuza de mutuos dicterios:

—¡Atorrantes!

—¡Muera la tiranía!

—¡Macaneadores!

—¡Pelados!

—¡Carentes de plata!

—¡Divorciados de la Ley!

—¡Macaneadores!

—¡Anárquicos!

—¡Viva Generalito Banderas!

—¡Muera la turba revolucionaria!

Las graderías de indios ensabanados se movían en oleadas:

—¡Viva Don Roquito!

—¡Viva el apóstol!

—¡Muera la tiranía!

—¡Muera el extranjero!

Los gendarmes comenzaban a repartir sablazos. Cachizas de faroles, gritos, manos en alto, caras ensangrentadas. Convulsión de luces apagándose. Rotura de la pista en ángulos. Visión cubista del Circo Harris.

LIBRO TERCERO

LA OREJA DEL ZORRO

I

Tirano Banderas, con olisca de rata fisgona, abandonó la rueda de lisonjeros compadres y atravesó el claustro: Al Inspector de Policía, Coronel-Licenciado López de Salamanca, acabado de llegar, hizo seña con la mano, para que le siguiese. Por el locutorio, adonde entraron todos, cruzó la momia siempre fisgando, y pasó a la celda donde solía tratar con sus agentes secretos. En la puerta saludó con una cortesía de viejo cuáquero:

—Ilustre Don Celes, dispénseme no más un instante. Señor Inspector, pase a recibir órdenes.

II

El Señor Inspector atravesó la estancia cambiando con unos y otros guiños, mamolas y leperadas en voz baja. El General Banderas había entrado en la recámara, estaba entrando, se hallaba de espaldas, podía volverse, y todos se advertían presos en la acción de una guiñolada dramática. El Coronel-Licenciado López de Salamanca, Inspector de Policía, pasaba poco de los treinta años: Era hombre agudo, con letras universitarias y jocoso platicar: Nieto de encomenderos españoles, arrastraba una herencia sentimental y absurda de orgullo y premáticas de casta. De este heredado desprecio por el indio se nutre el mestizo criollaje dueño de la tierra, cuerpo de nobleza llamado en aquellas Repúblicas Patriciado. El Coronel Inspector entró, recobrado en su máscara de personaje:

—A la orden, mi General.

Tirano Banderas con un gesto le ordenó que dejase abierta la puerta. Luego quedó en silencio. Luego habló con escandido temoso de cada palabra:

—Diga no más. ¿Se ha celebrado el mitote de las Juventudes? ¿Qué loros hablaron?

—Abrió los discursos el Licenciado Sánchez Ocaña. Muy revolucionario.

—¿Con qué tópicos? Abrevie.

—Redención del Indio. Comunismo precolombiano. Marsellesa del mar Pacífico. Fraternidad de las razas amarillas. ¡Macanas!

—¿Qué otros loros?

—No hubo espacio para más. Sobrevino la consecuente boluca de gachupines y nacionales, dando lugar a la intervención de los gendarmes.

—¿Se han hecho arrestos?

—A Don Roque, y algún otro, los he mandado conducir a mi despacho, para tenerlos asegurados de las iras populares.

—Muy conveniente. Aun cuando antagonistas en ideas, son sujetos ameritados y vidas que deben salvaguardarse. Si arreciase la ira popular, deles alojamiento en Santa Mónica. No tema excederse. Mañana, si conviniese, pasaría yo en persona a sacarlos de la prisión y a satisfacerles con excusas personales y oficiales. Repito que no tema excederse. ¿Y qué tenemos del Honorable Cuerpo Diplomático? ¿Rememora el asunto que le tengo platicado, referente al Señor Ministro de España? Muy conviene que nos aseguremos con prendas.

—Esta misma tarde se ha realizado algún trabajo.

—Obró diligente y le felicito. Expóngame la situación.

—Se le ha dado luneta de sombra al guarango andaluz, entre buja y torero, al que dicen Currito Mi-Alma.

—¿Qué filiación tiene ese personaje?

—Es el niño bonito que entra y sale como perro faldero en la Legación de España. La Prensa tiene hablado con cierto choteo.

El Tirano se recogió con un gesto austero:

—Esas murmuraciones no me son plato favorecido. Adelante.

—Pues no más que a ese niño torero lo han detenido esta tarde por hallarle culpado de escándalo público. Ofrecieron alguna duda sus manifestaciones, y se procedió a un registro domiciliario.

—Sobreentendido. Adelante. ¿Resultado del registro?

—Tengo hecho inventario en esta hoja.

—Acérquese al candil y lea.

El Coronel-Licenciado comenzó a leer un poco gangoso, iniciando someramente el tono de las viejas beatas:

—Un paquete de cartas. Dos retratos con dedicatoria. Un bastón con puño de oro y cifras. Una cigarrera con cifras y corona. Un collar, dos brazaletes. Una peluca con rizos rubios, otra morena. Una caja de lunares. Dos trajes de señora. Alguna ropa interior de seda, con lazadas.

Tirano Banderas, recogido en un gesto cuáquero, fulminó su excomunión:

—¡Aberraciones repugnantes!

III

La ventana enrejada y abierta daba sobre un fondo de arcadas lunarias. Las sombras de los murciélagos agitaban con su triángulo negro la blancura nocturna de la ruina. El Coronel-Licenciado, lentamente, con esa seriedad jovial que matiza los juegos de manos, se sacaba de los diversos bolsillos joyas, retratos y cartas, poniéndolo todo en hilera, sobre la mesa, a canto del Tirano:

—Las cartas son especialmente interesantes. Un caso patológico.

—Una sinvergüenzada. Señor Coronel, todo eso se archiva. La Madre Patria merece mi mayor predilección, y por ese motivo tengo un interés especial en que no se difame al Barón de Benicarlés: Usted va a proceder diligente para que recobre su libertad el guarango. El Señor Ministro de España, muy conveniente que conozca la ocurrencia. Pudiera suceder que con sólo eso cayese en la cuenta del ridículo que hace tocando un pífano en la mojiganga del Ministro Inglés. ¿Qué noticias tiene usted referentes a la reunión del Cuerpo Diplomático?

—Que ha sido aplazada.

—Sentiría que se comprometiese demasiado el Señor Ministro de España.

—Ya rectificará, cuando el pollo le ponga al corriente.

Tirano Banderas movió la cabeza, asintiendo: Tenía un reflejo de la lámpara sobre el marfil de la calavera y en los vidrios redondos de las antiparras: Miró su reloj, una cebolla de plata, y le dio cuerda con dos llaves:

—Don Celes nos iluminará en lo referente a la actitud del Señor Ministro. ¿Sabe usted si ha podido entrevistarle?

—Merito me platicaba del caso.

—Señor Coronel, si no tiene cosa de mayor urgencia que comunicarme, aplazaremos el despacho. Será bien co-

nocer el particular de lo que nos trae Don Celestino Galindo. Así tenga a bien decirle que pase, y usted perma-
nezca.

IV

Don Celes Galindo, el ilustre gachupín, jugaba con el
bastón y el sombrero mirando a la puerta de la recámara:
Su redondez pavona, en el fondo mal alumbrado del vasto
locutorio, tenía esa actitud petulante y preocupada del cómico que entre bastidores espera su salida a escena. Al
Coronel-Licenciado, que asomaba y tendía la mirada, hizo
reclamo, agitando bastón y sombrero. Presentía su hora,
y la trascendencia del papelón le rebosaba. El Coronel-
Licenciado levantó la voz, parando un ojo burlón y compadre sobre los otros asistentes:

—Mi señor Don Celeste, si tiene el beneplácito.

Entró Don Celeste y le acogió con su rancia ceremonia
el Tirano:

—Lamento la espera y le ruego muy encarecido que
acepte mis justificaciones. No me atribuya indiferencia por
saber sus novedades: ¿Entrevistó al Ministro? ¿Plati-
caron?

Don Celes hizo un amplio gesto de contrariedad:

—He visto a Benicarlés: Hemos conferenciado sobre la
política que debe seguir en estas Repúblicas la Madre Patria: Hemos quedado definitivamente distanciados.

Comentó ceremoniosa la momia:

—Siento el contratiempo, y mucho más si alguna culpa
me afecta.

Don Celes plegó el labio y entornó el párpado, signifi-
cando que el suceso carecía de importancia:

—Para corroborar mis puntos de vista, he cambiado impresiones con algunas personalidades relevantes de la Colonia.

—Hábleme de su Excelencia el Señor Ministro de España. ¿Cuáles son sus compromisos diplomáticos? ¿Por qué su actuación contraría a los intereses españoles aquí radicados? ¿No comprende que la capacitación del indígena es la ruina del estanciero? El estanciero se verá aquí con los mismos problemas agrarios que deja planteados en el propio país, y que sus estadistas no saben resolver.

Don Celeste tuvo un gran gesto adulador y enfático:

—Benicarlés no es hombre para presentarse con esa claridad y esa trascendencia las cuestiones.

—¿En qué argumentación sostiene su criterio? Eso estimaría saber.

—No argumenta.

—¿Cómo sustenta su opinión?

—No la sustenta.

—¿Algo dirá?

—Su criterio es no desviarse en su actuación de las vistas que adopte el Cuerpo Diplomático. Le hice toda suerte de objeciones, llegué a significarle que se exponía a un serio conflicto con la Colonia. Que acaso se jugaba la carrera. ¡Inútil! ¡Mis palabras han resbalado sobre su indiferencia! ¡Jugaba con el faldero! ¡Me ha indignado!

Tirano Banderas interrumpió con su falso y escandido hablar ceremonioso:

—Don Celes, venciendo su repugnancia, aún tendrá usted que entrevistarse con el Señor Ministro de España: Será conveniente que usted insista sobre los mismos tópicos, con algunas indicaciones muy especializadas. Acaso logre apartarle de la perniciosa influencia del Representante Británico. El Señor Inspector de Policía tiene noticia de que nuestras actuales dificultades obedecen a un complot de la Sociedad Evangélica de Londres. ¿No es así, Señor Inspector?

—¡Indudablemente! La Humanidad que invocan las milicias puritanas es un ente de razón, una logomaquia. El laborantismo inglés, para influenciar sobre los negocios de minas y finanzas, comienza introduciendo la Biblia.

Meció la cabeza Don Celes:

—Ya estoy al cabo.

La momia se inclinó con rígida mesura, sesgando la plática:

—Un español ameritado, no puede sustraer su actuación cuando se trata de las buenas relaciones entre la República y la Patria Española. Hay a más un feo enredo policiaco. El Señor Inspector tiene la palabra.

El Señor Inspector, con aquel gesto de burla fúnebre, paró un ojo sobre Don Celes:

—Los principios humanitarios que invoca la Diplomacia, acaso tengan que supeditarse a las exigencias de la realidad palpitante.

Rumió la momia:

—Y en última instancia, los intereses de los españoles aquí radicados están en contra de la Humanidad. ¡No hay que fregarla! Los españoles aquí radicados representan intereses contrarios. ¡Que lo entienda ese Señor Ministro! ¡Que se capacite! Si le ve muy renuente, manifiéstele que obra en los archivos policiacos un atestado por verdaderas orgías romanas, donde un invertido simula el parto. Tiene la palabra el Señor Inspector.

Se consternó Don Celes. Y puso su rejón el Coronel-Licenciado:

—En ese simulacro, parece haber sido comadrón el Señor Ministro de España.

Gemía Don Celes:

—¡Estoy consternado!

Tirano Banderas rasgó la boca con mueca desdeñosa:

—Por veces nos llegan puros atorrantes representando a la Madre Patria.

Suspiró Don Celes:

—Veré al Barón.

—Véale, y hágale entender que tenemos su crédito en las manos. El Señor Ministro recapacitará lo que hace. Hágale presente un saludo muy fino de Santos Banderas.

El Tirano se inclinó, con aquel ademán mesurado y rígido de figura de palo:

—La Diplomacia gusta de los aplazamientos, y de esa primera reunión no saldrá nada. En fin, veremos lo que nos trae el día de mañana. La República puede perecer en una guerra, pero jamás se rendirá ante una imposición de las Potencias Extranjeras.

V

Tirano Banderas salió al claustro, y encorvado sobre una mesilla de campaña, sin sentarse, firmó, con rápido rasgueo, los edictos y sentencias que sacaba de un cartapacio el Secretario de Tribunales, Licenciado Carrillo. Sobre la cal de los muros, daban sus espantos malas pinturas de martirios, purgatorios, catafalcos y demonios verdes. El Tirano, rubricado el último pliego, habló despacio, la mueca dolorosa y verde en la rasgada boca indiana:

—¡Chac-chac! Señor Licenciadito, estamos en deuda con la vieja rabona del 7.º Ligero. Para rendirle justicia debidamente, se precisa chicotear a un jefe del Ejército. ¡Punirlo como a un roto! ¡Y es un amigo de los más estimados! ¡El macaneador de mi compadre Domiciano de la Gándara! ¡Ese bucanero, que dentro de un rato me llamará déspota, con el ojo torcido al campo insurrecto! Chicotear a mi compadre, es ponerle a caballo. Desamparar a la chola rabona, falsificar el designio que formulé al darle la mano, se llama sumirse, fregarse. Licenciado, ¿cuál es su consejo?

—Patroncito, es un nudo gordiano.

Tirano Banderas, rasgada la boca por la verde mueca, se volvió al coro de comparsas:

—Ustedes, amigos, no se destierren: Arriéndense para dar su fallo. ¿Han entendido lo que platicaba con el Señor Licenciado? Bien conocen a mi compadre. ¡Muy buena reata y todos le estimamos! Darle chicote como a un roto, es enfurecerle y ponerle en el rancho de los revolucionarios. ¿Se le pune, y deja libre y rencoroso? ¿Tirano Banderas —como dice el pueblo cabrón— debe ser prudente o magnánimo? Piénsenlo, amigos, que su dictado me interesa. Constitúyanse en tribunal, y resuelvan el caso con arreglo a conciencia.

Desplegando un catalejo de tres cuerpos reclinóse en la arcada que se abría sobre el borroso diseño del jardín, y se absorbió en la contemplación del cielo.

VI

Los compadritos hacen rueda en el otro cabo, y apuntan distingos justipreciando aquel escrúpulo de conciencia, que como un hueso a los perros les arrojaba Tirano Banderas. El Licenciado Carrillo se insinúa con la mueca de zorro propia del buen curial:

—¿Cuál será la idea del patrón?

El Licenciado Nacho Veguillas, sesga la boca y saca los ojos remedando el canto de la rana:

—¡Cuá! ¡Cuá!

Y le desprecia con un gesto, tirándose del pirulo chivón de la barba, el Mayor Abilio del Valle:

—¡No está el guitarrón para ser punteado!

—¡Mayorcito del Valle, hay que fregarse!

El Licenciado Carrillo no salía de su tema:

—Preciso es adivinarle la idea al patrón, y dictaminar de acuerdo.

Nacho Veguillas hacía el tonto mojiganguero:

—¡Cuá! ¡Cuá! Yo me guío por sus luces, Licenciadito.

Murmuró el Mayor del Valle:

—Para acertarla, cada uno se ponga en el caso.

—¿Y puesto en el caso vos, Mayorcito?...

—¿Entre qué términos, Licenciado?

—Desmentirse con la vieja o chicotear como a un roto al Coronelito de la Gándara.

El Mayor Abilio del Valle, siempre a tirarse del pirulo chivón, retrucó soflamero:

—Tronar a Domiciano y después chicotearle, es mi consejo.

El Licenciado Nacho Veguillas sufrió un acceso sentimental de pobre diablo:

—El patroncito acaso mire la relación de compadres, y pudiera la vinculación espiritual aplacar su rigorismo.

El Licenciado Carrillo tendía la cola petulante:

—Mayorcito, de este nudo gordiano vos estate el Alejandro.

Veguillas angustió la cara:

—¡Un escacho de botillería, no puede tener pena de muerte! Yo salvo mi responsabilidad. No quiero que se me aparezca el espectro de Domiciano. ¿Vos conocés la obra que representó anoche Pepe Valero? *Fernando el Emplazado*. ¡Ché! Es un caso de la historia de España.

—Ya no pasan esos casos.

—Todos los días, Mayorcito.

—No los conozco.

—Permanecen inéditos, porque los emplazados no son testas coronadas.

—¿El mal de ojo? No creo en ello.

—Yo he conocido a un sujeto que perdía siempre en el juego si no tenía en la mano el cigarro apagado.

El Licenciado Carrillo aguzaba la sonrisa:

—Me permito llamarles al asunto. Sospecho que hay otra acusación contra el Coronel de la Gándara. Siempre ha sido poco de fiar ese amigo y andaba estos tiempos muy bruja, y acaso buscó remediarse de plata en la montonera revolucionaria.

Se confundieron las voces en un susurro:

—No es un secreto que conspiraba.

—Pues le debe cuanto es al patroncito.

—Como todos nosotros.

—Soy el primero en reconocer esa deuda sagrada.

—Con menos que la vida, yo no le pago a Don Santos.

—Domiciano le ha correspondido con la más negra ingratitud.

Puestos de acuerdo, ofreció la petaca el Mayor del Valle.

VII

El Tirano corría por el cielo el campo de su catalejo: Tenía blanca de luna la calavera:

—Cinco fechas para que sea visible el cometa que anuncian los astrónomos europeos. Acontecimiento celeste, del que no tendríamos noticia, a no ser por los sabios de fuera. Posiblemente, en los espacios sidéreos tampoco saben nada de nuestras revoluciones. Estamos parejos. Sin embargo, nuestro atraso científico es manifiesto. Licenciadito Veguillas, redactará usted un decreto para dotar con un buen telescopio a la Escuela Náutica y Astronómica.

El Licenciadito Nacho Veguillas, finchándose en el pando compás de las zancas, sacó el pecho y tendió el brazo en arenga:

—¡Mirar por la cultura es hacer patria!

El Tirano pagó la cordialidad avinada del pobre diablo con un gesto de calavera humorística, mientras volvía a recorrer con su anteojo el cielo nocturno. Y los cocuyos encendían su danza de luces en la borrosa y lunaria geometría del jardín.

VIII

Torva, esquiva, aguzados los ojos como montés alimaña, penetró, dando gritos, una mujer encamisada y pelona. Por la sala pasó un silencio, los coloquios quedaron en el aire. Tirano Banderas, tras una espantada, se recobró batiendo el pie con ira y denuesto. Temerosos del castigo, se arrestaron en la puerta la recamarera y el mucamo, que acudían a la captura de la encamisada. Fulminó el Tirano:

—¡Chingada, guarda tenés de la niña! ¡Hi de tal, la tenés bien guardada!

Las dos figuras parejas se recogían, susurrantes en el umbral de la puerta. Eran, sobre el hueco profundo de sombra, oscuros bultos de borroso realce. Tirano Banderas se acercó a la encamisada, que con el gesto obstinado de los locos, hundía las uñas en la greña y se agazapaba en un rincón, aullando:

—Manolita, vos serés bien mandada. Andate no más para la recámara.

Aquella pelona encamisada era la hija de Tirano Banderas: Joven, lozana, de pulido bronce, casi una niña, con la expresión inmóvil, sellaba un enigma cruel su máscara de ídolo: Huidiza y doblada, se recogió al amparo de la recamarera y el mucamo, arrestados en la puerta. Se la llevaron con amonestaciones, y en la oscuridad se perdieron. Tirano Banderas, con un monólogo tartajoso, comenzó a dar paseos: Al cabo, resolviéndose, hizo una cortesía de estantigua, y comenzó a subir la escalera:

—Al macaneador de mi compadre, será prudente arrestarlo esta noche, Mayor del Valle.

TERCERA PARTE

NOCHE DE FARRA

LIBRO PRIMERO

LA RECÁMARA VERDE

I

¡Famosas aquellas ferias de Santos y Difuntos! La Plaza de Armas, Monotombo, Arquillo de Madres, eran zoco de boliches y pulperías, ruletas y naipes. Corre la chusma a los anuncios de toro candil en los portalitos de Penitentes: Corren las rondas de burlones apagando las luminarias, al procuro de hacer más vistoso el candil del bulto toreado. Quiebra el oscuro en el vasto cielo, la luna chocarrera y cacareante: Ahúman las candilejas de petróleo por las embocaduras de tutilimundis, tinglados y barracas: Los ciegos de guitarrón cantan en los corros de pelados. El criollaje ranchero —poncho, facón, jarano— se estaciona al ruedo de las mesas con tableros de azares y suertes fulleras. Circula en racimos la plebe cobriza, greñuda, descalza, y por las escalerillas de las iglesias, indios alfareros venden esquilones de barro con círculos y palotes de pinturas estentóreas y dramáticas. Beatas y chamacos mercan los fúnebres barros, de tañido tan triste que recuerdan la tena y el caso del fraile peruano. A cada vuelta saltan risas y bravatas. En los portalitos, por las pulperías de cholos y lepes, la guitarra rasguea los corridos de milagros y ladrones:

> Era Diego Pedernales.
> de buena generación.

II

El Congal de Cucarachita encendía farolillos de colores en el azoguejo, y luces de difuntos en la Recámara Verde. Son consorcios que aparejan las ferias. Lupita la Romántica, con bata de lazos y el moño colgante, suspiraba caída en el sueño magnético, bajo la mirada y los pases del Doctor Polaco: Alentaba rendida y vencida, con suspiros de erótico tránsito:

—¡Ay!

—Responda la Señorita Médium.

—¡Ay! Alumbrándose sube por una escalera muy grande... No puedo. Ya no está... Se me ha desvanecido.

—Siga usted hasta encontrarle, Señorita.

—Entra por una puerta donde hay un centinela.

—¿Habla con él?

—Sí. Ahora no puedo verle. No puedo... ¡Ay!

—Procure situarse, Señorita Médium.

—No puedo.

—Yo lo mando.

—¡Ay!

—Sitúese. ¿Qué ve en torno suyo?

—¡Ay! Las estrellas grandes como lunas pasan corriendo por el cielo.

—¿Ha dejado el plano terrestre?

—No sé.

—Sí, lo sabe. Responda. ¿Dónde se sitúa?

—¡Estoy muerta!

—Voy a resucitarla, Señorita Médium.

El farandul le puso en la frente la piedra de un anillo. Después fueron los pases de manos y el soplar sobre los párpados de la daifa durmiente:

—¡Ay!...

—Señorita Médium, va usted a despertarse contenta y sin dolor de cabeza. Muy despejada, y contenta, sin ninguna impresión dolorosa.

Hablaba de rutina, con el murmullo apacible del clérigo que reza su misa diaria. Gritaba en el corredor la Madrota, y en el azoguejo, donde era el mitote de danza, aguardiente y parcheo, metía bulla el Coronelito Domiciano de la Gándara.

III

El Coronelito Domiciano de la Gándara templa el guitarrón: Camisa y calzones, por aberturas coincidentes, muestran el vientre rotundo y risueño de dios tibetano: En los pies desnudos arrastra chancletas, y se toca con un jaranillo mambís, que al revirón descubre el rojo de un pañuelo y la oreja con arete: El ojo guiñate, la mano en los trastes, platica leperón con las manflotas en cabellos y bata escotada: Era negrote, membrudo, rizoso, vestido con sudada guayabera y calzones mamelucos, sujetos por un cincho con gran broche de plata: Los torpes conceptos venustos, celebra con risa saturnal y vinaria. Niño Domiciano nunca estaba sin cuatro candiles, y como arrastraba su vida por bochinches y congales, era propenso a las tremolinas y escandaloso al final de las farras. Las niñas del pecado, desmadejadas y desdeñosas, recogían el bulle-bulle en el vaivén de las mecedoras: El rojo de los cigarros las señalaba en sus lugares. El Coronelito, dando el último tiento a los trastes, escupe y rasguea cantando

por burlas el corrido que rueda estos tiempos, de Diego
Pedernales. La sombra de la mano, con el reflejo de las
tumbagas, pone rasgueo de luces en el rasgueo de la guitarra:

> Preso le llevan los guardias,
> sobre caballo pelón,
> que en los Ranchos de Valdivia
> le tomaron a traición.
> Celos de niña ranchera
> hicieron la delación.

IV

Tecleaba un piano hipocondriaco, en la sala que nom-
braban Sala de la Recámara Verde. Como el mitote era
en el patio, la sala agrandábase alumbrada y vacía, con
las rejas abiertas sobre el azoguejo y el viento en las muselinas de los vidrios. El Ciego Velones, nombre de burlas, arañaba lívidas escalas, acompañando el canto a una
chicuela consumida, tristeza, desgarbo, fealdad de hospi-
ciana. En el arrimo de la reja, hacían duelo, por la contraria suerte en los albures, dos peponas amulatadas: El
barro melado de sus facciones se depuraba con una dul-
zura de líneas y tintas en el ébano de las cabezas pimpan-
tes de peines y moñetes, un drama oriental de lacres y verdes. El Ciego Velones tecleaba el piano sin luces, un piano
lechuzo que se pasaba los días enfundado de bayeta negra.
Cantaba la chicuela, tirantes las cuerdas del triste descote, inmóvil la cara de niña muerta, el fúnebre resplandor
de la bandejilla del petitorio sobre el pecho:

> —¡No me mates traidora ilusión!
> ¡Es tu imagen en mi pensamiento
> una hoguera de casta pasión!

La voz lívida, en la lívida iluminación de la sala desierta, se desgarraba en una altura inverosímil:

—¡Una hoguera de casta pasión!

Algunas parejas bailaban en el azoguejo, mecidas por el ritmo del danzón: Perezosas y lánguidas, pasaban con las mejillas juntas por delante de las rejas. El Coronelito, más bruja que un roto, acompañaba con una cuerda en el guitarrón la voz en un trémolo:

—¡No me mates, traidora ilusión!

V

La cortina abomba su raso verde en el arco de la recámara: Brilla en el fondo, sobre el espejo, la pomposa cama del trato y por veces todo se tambalea en un guiño del altarete. Suspiraba Lupita:

—¡Ánimas del Purgatorio! ¡No más, y qué sueño se me ha puesto! ¡La cabeza se me parte!

La tranquilizó el farandul:

—Eso se pasa pronto.

—¡Cuando yo vuelva a consentir que usted me enajene, van a tener pelos las tortugas!

El Doctor Polaco, desviando la plática, felicitó a la daifa con ceremonia de farandul:

—Es usted un caso muy interesante de metempsicosis. Yo no tendría inconveniente en asegurarle a usted contrata para un teatro de Berlín. Usted podría ser un caso de los más célebres. ¡Esta experiencia ha sido muy interesante!

La daifa se oprimía las sienes, metiendo los dedos con luces de pedrería por los bandós endrinos del peinado:

—¡Para toda la noche tengo ya jaqueca!

—Una taza de café será lo bastante... Disuelve usted en la taza una perla de éter, y se hallará prontamente tonificada, para poder intentar otra experiencia.

—¡Una y no más!

—¿No se animaría usted a presentarse en público? Sometida a una dirección inteligente, pronto tendría usted renombre para actuar en un teatro de Nueva York. Yo le garanto a usted un tanto por ciento. Usted, antes de un año, puede presentarse con diplomas de las más acreditadas Academias de Europa. El Coronelito me ha tenido conservación de su caso, pero muy lejano, que ofreciese tanto interés para la ciencia. ¡Muy lejano! Usted se debe al estudio de los iniciados en los misterios del magnetismo.

—¡Con una cartera llena de papel, aun no cegaba! ¡A pique de quedar muerta en una experiencia!

—Ese riesgo no existe cuando se procede científicamente.

—La rubia que a usted acompañaba pasados tiempos, se corrió que había muerto en un teatro.

—¿Y que yo estaba preso? Esa calumnia es patente. Yo no estoy preso.

—Habrá usted limado las rejas de la cárcel.

—¿Me cree usted con poder para tanto?

—¿No es usted brujo?

—El estudio de los fenómenos magnéticos no puede ser calificado de brujería. ¿Usted se encuentra libre ya del malestar cefálico?

—Sí, parece que se me pasa.

Gritaba en el corredor la Madrota:

—Lupita, que te solicitan.

—¿Quién es?

—Un amigo. ¡No pasmes!

—¡Voy! De hallarme menos carente, esta noche la guardaba por devoción de las Benditas.

—Lupita, puede usted obtener un suceso público en un escenario.

—¡Me da mucho miedo!

Salió de la recámara con bulle-bulle de faldas, seguida del Doctor Polaco. Aquel tuno nigromante, con una barraca en la feria, era muy admirado en el Congal de Cucarachita.

LIBRO SEGUNDO

LUCES DE ÁNIMAS

I

—En borrico de justicia
le sacan con un pregón,
hizo mamola al verdugo
al revestirle el jopón,
y al Cristo que le presentan,
una seña de masón.

En la Recámara Verde, iluminada con altarete de luces aceiteras y cerillos, atendía, apagando un cuchicheo, la pareja encuerada del pecado. Llegaba el romance prendido al son de la guitarra. En el altarete, las mariposas de aceite cuchicheaban y los amantes en el cabezal. La daifa:

—¡Era bien ruin!

El coime:

—¡Ateo!

—En la noche de hoy, ese canto de verdugos y ajusticiados, parece más negro que un catafalco.

—¡Vida alegre, muerte triste!

—¡Abrenuncio! ¡Qué voz de corneja sacaste! Veguillas, tú, vista la hora final, ¿confesarías como cristiano?

—¡Yo no niego la vida del alma!

—¡Nachito, somos espíritu y materia! ¡Donde me ves con estas carnes, pues una romántica! De no haber estado tan bruja, hubiera guardado este día. ¡Pero es mucho el empeño con el ama! Nachito, ¿tú sabes de persona viviente que no tenga sus muertos? Los hospicianos, y aun ésos porque no les conocen. Este aniversario merecía ser de los más guardados: ¡Trae muchos recuerdos! Tú, si fueses propiamente romántico, ahora tenías un escrúpulo: Me pagabas el estipendio y te caminabas.

—¿Y caminarme sin aflojar la plata?

—También. ¡Yo soy muy romántica! Ya te digo que de no hallarme tan en deuda con la Madrota...

—¿Quieres que yo te cancele el crédito?

—Pon eso claro.

—¿Si quieres que yo te pague la deuda?

—No me veas chuela, Nachito.

—¿Debes mucho?

—¡Treinta Manfredos! ¡Me niega quince que le entregué por las Flores de Mayo! ¡Como tú te hicieses cargo de la deuda y me pusieses en un pupilaje, ibas a ver una fiel esclava!

—¡Siento no ser negrero!

La daifa quedóse abstraída mirando las luces de sus falsos anillos. Hacía memoria. Por la boca pintada corría un rezo:

—Esta conversación pasó otra vez de la misma manera: ¿Te acuerdas, Veguillas? Pasó con iguales palabras y prosopopeyas.

La moza del pecado, entrándose en sí misma, quedó abismada, siempre los ojos en las piedras de sus anillos.

II

Percibíase embullangado el guitarro, el canto y la zarabanda de risas, chapines y palmas con que jaleaban las del trato. Gritos, carrerillas y cierre de puertas. Acezo y pisadas en el corredor. Los artejos y la voz de la Taracena:

—¡El cerrojo! Horita vos va con una copla Domiciano. El cerrojo, si no lo tenéis corrido, que ya le entró la tema de escandalizar por las recámaras.

Siempre abismada en la fábula de sus manos, suspiró la romántica:

—¡Domiciano toma la vida como la vida se merece!

—¿Y el despertar?

—¡Ave María! ¿Esta misma plática no la tuvimos hace un instante? Veguillas, ¿cuándo fueron aquellos pronósticos tuyos, del mal fin que tendría el Coronelito de la Gándara?

Gritó Veguillas:

—¡Ese secreto jamás ha salido de mis labios!

—¡Ya me haces dudar! ¡Patillas tomó tu figura en aquel momento, Nachito!

—Lupita, no seas visionaria.

Venía por el corredor, acreciéndose, la bulla de copla y guitarra, soflamas y palmas. Cantaba el valedor un aire de los llaneros:

> —Licenciadito Veguillas,
> saca del brazo a tu dama
> para beber una copa
> a la salud de las Ánimas.

—¡Santísimo Dios! ¡Esta misma letra se ha cantado otra vez estando como ahora, acostados en la cama!

Nacho Veguillas, entre humorístico y asustadizo, azotó las nalgas de la moza, con gran estallo:

—¡Lupita, que te pasas de romántica!

—¡No me pongas en confusión, Veguillas!

—Si me estás viendo chuela toda la noche.

Tornaba la copla y el rasgueo, a la puerta de la recámara. Oscilaba el altarete de luces y cruces. Susurró la del trato:

—Nacho Veguillas, ¿llevas buena relación con el Coronel Gandarita?

—¡Amigos entrañables!

—¿Por qué no le das aviso para que se ponga en salvo?

—¿Pues qué sabes tú?

—¿No hablamos antes?

—¡No!

—¿Lo juras, Nachito?

—¡Jurado!

—¿Qué nada hablamos? ¡Pues lo habrás tenido en el pensamiento!

Nacho Veguillas, sacando los ojos a flor de la cara, saltó en el alfombrín con las dos manos sobre las vergüenzas:

—¡Lupita, tú tienes comercio con los espíritus!

—¡Calla!

—¡Responde!

—¡Me confundes! ¿Dices que nada hemos hablado del fin que le espera al Coronel de la Gándara?

Batían en la puerta, y otra vez renovábase la bulla, con el tema de copla y guitarro:

> —Levántate, valedor,
> y vístete los calzones,
> para jugarnos la plata
> en los albures pelones.

Abrióse la puerta de un puntapié, y rascando el guitarrillo que apoya en el vientre rotundo, apareció el Coronelito. Nacho Veguillas, con alegre transporte de botarate, saltó de cucas, remedando el cantar de la rana:

—¡Cuá! ¡Cuá!

III

El Congal, con luminarias de verbena, juntaba en el patio mitote de naipe, aguardiente y buñuelo. Tenía el naipe al salir un interés fatigado: Menguaban las puestas, se encogían sobre el tapete, bajo el reflejo amarillo del candil, al aire contrario del naipe. Viendo el dinero tan receloso, para darle ánimo, trajo aguardiente de caña y chicha la Taracena. Nacho Veguillas, muy festejado, a medio vestir, suelto el chaleco, un tirante por rabo, saltaba mimando el dúo del sapo y la rana. La música clásica, que, cuando esparcía su ánimo sombrío, gustaba de oír Tirano Banderas. Nachito, con una lágrima de artista ambulante, recibía las felicitaciones, estrechaba las manos, se tambaleaba en épicos abrazos. El Doctor Polaco, celoso de aquellos triunfos, en un corro de niñas, disertaba, accionando con el libro de los naipes abierto en abanico. Atentas las manflotas, cerraban un círculo de ojeras y lazos, con meloso cuchicheo tropical. La chamaca fúnebre pasaba la bandejilla del petitorio, estirando el triste descote, mustia y resignada, horrible en su corpiño de muselinas azules, lívidos lujos de hambre. Nachito la perseguía en cuclillas con gran algazara:

—¡Cuá! ¡Cuá!

IV

Con las luces del alba la mustia pareja del ciego lechuzo y la chica amortajada, escurríase por el Arquillo de las Madres Portuguesas. Se apagaban las luminarias. En los Portalitos quedaba un rezago de ferias: El tiovivo daba su última vuelta en una gran boqueada de candilejas. El ciego lechuzo y la chica amortajada llevan fosco rosmar, claveteado entre las cuatro pisadas:

—¡Tiempos más fregados no los he conocido!

Habló la chica sin mudar el gesto de ultratumba:

—¡Donde otras ferias!

Sacudió la cabeza el lechuzo:

—Cucarachita no renueva el mujerío, y así no se sostiene un negocio. ¿Qué tal mujer la Panameña? ¿Tiene partido?

—Poco partido tiene para ser nueva. ¡Está mochales!

—¿Qué viene a ser eso?

—¡Modo que tiene una chica que llaman la Malagueña! Con ello significa los trastornos.

—No tomes el hablar de esas mujeres.

La amortajada puso los tristes ojos en una estrella:

—¿Se me notaba que estuviese ronca?

—No más que al atacar las primeras notas. La pasión de esta noche es de una verdadera artista. Sin cariño de padre, creo que hubieses tenido un triunfo en una sala de conciertos: *No me mates, traidora ilusión*. ¡Ahí has rayado muy alto! Hija mía, es preciso que cantes pronto en un teatro, y me redimas de esta situación precaria. Yo puedo dirigir una orquesta.

—¿Ciego?

—¡Operándome las cataratas!

—¡Ay mi viejo, cómo soñamos!

—¿No saldremos alguna vez de esta pesadumbre?

—¡Quién sabe!

—¿Dudas?

—No digo nada.

—Tú no conoces otra vida, y te conformas.

—¡Vos tampoco la conocés, taitita!

—La he visto en otros, y comprendo lo que sea.

—Yo, puesta a envidiar, no envidiaría riquezas.

—Pues ¿qué envidiarías?

—¡Ser pájaro! Cantar en una rama.

—No sabes lo que hablas.

—Ya hemos llegado.

En el portal dormía el indio con su india, cubiertos los
dos por una frazada. La chica fúnebre y el ciego lechuzo
pasaron perfilándose. El esquilón de las monjas doblaba
por las Ánimas.

V

Nacho Veguillas también tenía el vino sentimental de
boca babosa y ojos tiernos. Ahora, con la cabeza sobre
el regazo de la daifa, canta su aria en la Recámara Verde:

—¡Dame tu amor, lirio caído en el fango!

Ensoñó la manflota:

—¡Canela! ¡Y decís vos que no sos romántico!

—¡Ángel puro de amor, que amor inspira! ¡Yo te saca-
ré del abismo y redimiré tu alma virginal! ¡Taracena! ¡Taracena!

—¡No armés escándalo, Nachito! Dejá vos al ama, que
no está para tus fregados.

Y le ponía los anillos sobre la boca vinaria. Nachito se
incorporó:

—¡Taracena! ¡Yo pago el débito de esta azucena, caída
en el barro vil de tu comercio!

—¡Calla! ¡No faltés!

Nachito, llorona la alcuza de la nariz, se volvía a la niña
del trato:

—¡Calma mi sed de ideal, ángel que tienes rotas las alas!
¡Posa tu mano en mi frente, que en un mar de lava ardiente mi cerebro siento arder!

—¿Cuándo fue que oí esas mismas músicas? ¡Nachito,
aquí se dijeron esas mismas palabras!

Nachito se sintió celoso:

—¡Algún cabrón!

—O no se habrán dicho... Esta noche se me figura que
ya pasó todo cuanto pasa. ¡Son las Benditas!... ¡Es ilusión ésta de que todo pasó antes de pasar!

—¡Yo te llamaba en mis solitarios sueños! ¡El imán de tu mirada penetra en mí! ¡Bésame, mujer!

—Nachito, no seas sonso y déjame rezar este toque de Ánimas.

—¡Bésame, Jarifa! ¡Bésame, impúdica, inocente! ¡Dame un ósculo casto y virginal! ¡Caminaba solo por el desierto de la vida, y se me aparece un oasis de amor, donde reposar la frente!

Nachito sollozaba, y la del trato, para consolarle, le dio un beso de folletín romántico, apretándole a la boca el corazón de su boca pintada:

—¡Eres sonso!

VI

Tembló el altarete de Ánimas: El aleteo de un reflejo desquició los muros de la Recámara Verde: Se abrió la puerta y entró sin ceremonia el Coronelito de la Gándara. Veguillas volvió la nariz de alcuza y puso el ojo de carnero:

—¡Domiciano, no profanes el idilio de dos almas!

—Licenciadito, te recomiendo el amoniaco. Mírame a mí, limpio de vapores. Guadalupe, ¿qué haces sin darle el agua bendita?

El Coronelito de la Gándara, al pisar, infundía un temblor en la luminaria de Ánimas: La fanfarria irreverente de sus espuelas plateras ponía al guiño del altarete un sinfónico fondo herético: Advertíase señalada mudanza en la persona y arreo del Coronelito: Traía el calzón recogido en botas jinetas, el cinto ajustado y el machete al flanco, viva aún la rasura de la barba, y el mechón endrino de la frente peinado y brillante:

—Veguillas, hermano, préstame veinte soles, que bien te pintó el juego. Mañana te serán reintegrados.

—¡Mañana!

Nachito, tras la palabra que se desvanece en la verdosa penumbra, queda suspenso sin cerrar la boca. Oíase el doble de una remota campana. Las luces del altarete tenían un escalofrío aterrorizado. La manflota en camisa rosa —morena prieta— se santiguaba entre las cortinas. Y era siempre sobre su tema el Coronelito de la Gándara:

—Mañana. ¡Y si no, cuando me entierren!

Nachito estalló en un sollozo:

—Siempre va con nosotros la muerte. Domiciano, recobra el juicio; la plata, de nada te remedia.

Por entre cortinas salía la daifa, abrochándose el corsé, los dos pechos fuera, tirantes las medias, altas las ligas rosadas:

—¡Domiciano, ponte en salvo! Este pendejo no te lo dice, pero él sabe que estás en las listas de Tirano Banderas.

El Coronelito aseguró los ojos sobre Veguillas. Y Veguillas, con los brazos abiertos, gritó consternado:

—¡Ángel funesto! ¡Sierpe biomagnética! Con tus besos embriagadores me sorbiste el pensamiento.

El Coronelito, de un salto estaba en la puerta, atento a mirar y escuchar: Cerró, y corrida la aldaba, abierto el compás de las piernas, tiró de machete:

—Trae la palangana, Lupita. Vamos a ponerle una sangría a este doctorcito de guagua.

Se interpuso la daifa en corsé:

—Ten juicio, Domiciano. Antes que con él toques, a mí me traspasas. ¿Qué pretendes? ¿Qué haces ya aquí sofregado? ¿Corres peligro? ¡Pues ponte en salvo!

Se tiró de los bigotes con sorna el Coronelito de la Gándara:

—¿Quién me vende, Veguillas? ¿Qué me amenaza? Si horita mismo no lo declaras, te doy pasaporte con las Benditas. ¡Luego, luego, ponlo todo de manifiesto!

Veguillas, arrimado a la pared, se metía los calzones, torcido y compungido. Le temblaban las manos. Gimió turulato:

—Hermano, te delata la vieja rabona que tiene su mesilla en el jueguecito de la rana. ¡Ésa te delata!

—¡Puta madre!

—Te ha perdido la mala costumbre de hacer cachizas, apenas te pones trompeto.

—¡Me ha de servir para un tambor esa cuera vieja!

—Niño Santos le ha dado la mano con promesa de chicotearte.

Apremiaba la daifa:

—¡No pierdas tiempo, Domiciano!

—¡Calla, Lupita! Este amigo entrañable, luego, luego, me va a decir por qué tribunal estoy sentenciado.

Gimió Veguillas:

—¡Domiciano, no la chingues, que no eres súbdito extranjero!

VII

El Coronelito relampagueaba el machete sobre las cabezas: La daifa, en camisa rosa, apretaba los ojos y aspaba los brazos: Veguillas era todo un temblor arrimado a la pared, en faldetas y con los calzones en la mano: El Coronelito se los arrancó:

—¡Me chingo en las bragas! ¿Cuál es mi sentencia?

Nachito se encogía con la nariz de alcuza en el ombligo:

—¡Hermano, no más me preguntes! Cada palabra es una bala... ¡Me estoy suicidando! La sentencia que tú no cumplas vendrá sobre mi cabeza.

—¿Cuál es mi sentencia? ¿Quién la ha dictado?

Desesperábase la manflota, de rodillas ante las luces de Ánimas:

—¡Ponte en salvo! ¡Si no lo haces, aquí mismo te prende el Mayorcito del Valle!

Nachito acabó de empavorizarse:

—¡Mujer infausta!

Se ovillaba cubriéndose hasta los pies con las faldas de la camisa. El Coronelito le suspendió por los pelos: Veguillas, con la camisa sobre el ombligo, agitaba los brazos. Rugía el Coronelito:

—¿El Mayor del Valle tiene la orden de arrestarme? Responde.

Veguillas sacó la lengua:

—¡Me he suicidado!

LIBRO TERCERO

GUIÑOL DRAMÁTICO

I

¡Fue como truco de melodrama! El Coronelito, en el instante de pisar la calle, ha visto los fusiles de una patrulla por el Arquillo de las Portuguesas. El Mayor del Valle viene a prenderle. El peligro le da un alerta violento en el pecho: Pronto y advertido, se aplasta en tierra y a gatas cruza la calle: Por la puerta que entreabre un indio medio desnudo, lleno el pecho de escapularios, ya se mete. Veguillas le sigue arrastrado en un círculo de fatalidades absurdas: El Coronelito, acarrerado escalera arriba, se curva como el jinete sobre la montura. Nachito, que hocica sobre los escalones, recibe en la frente el resplandor de las espuelas. Bajo la claraboya del sotabanco, en la primera puerta, está pulsando el Coronelito. Abre una mucama que tiene la escoba: En un traspiés, espantada y aspada, ve a los dos fugitivos meterse por el corredor: Prorrumpe en gritos, pero las luces de un puñal que ciega los ojos, la lengua le enfrenan.

II

Al final del corredor está la recámara de un estudiante. El joven, pálido de lecturas, que medita sobre los libros abiertos, de codos en la mesa. Humea la lámpara. La ventana está abierta sobre la última estrella. El Coronelito, al entrar, pregunta y señala:

—¿Adónde cae?

El estudiante vuelve a la ventana su perfil lívido de sorpresa dramática. El Coronelito, sin esperar otra respuesta, salta sobre el alféizar, y grita con humor travieso:

—¡Ándele, pendejo!

Nachito se consterna:

—¡Su madre!

—¡Jip!

El Coronelito, con una brama, echa el cuerpo fuera. Va por el aire. Cae en un tejadillo. Quiebra muchas tejas. Escapa gateando. A Nachito, que asoma timorato la alcuza llorona, se le arruga completamente la cara:

—¡Hay que ser gato!

III

Y por las recámaras del Congal fulgura su charrasco el Mayor del Valle: Seguido de algunos soldados entra y sale, sonando las charras espuelas: A su vera, jaleando el nalgario, con ahogo y ponderaciones, zapato bajo y una flor en la oreja, la Madrota:

—¡Patroncito, soy gaditana y no miento! ¡Mi palabra es la del Rey de España! ¡El Coronel Gandarita no hace un bostezo que dijo: "¡Me voy!" ¡Visto y no visto! ¡Horitita! ¡Si no se tropezaron fue milagro! ¡Apenas llevaría tres pasos, cuando ya estaban en la puerta los soldados!

—¿No dijo adónde se caminaba?

—¡Iba muy trueno! Si algún bochinche no le tienta, buscará la cama.

El Mayor miró de través a la tía cherinola y llamó al sargento:

—Vas a registrar la casa. Cucarachita, si te descubro el contrabando te caen cien palos.

—Niño, no me encontrarás nada.

La Madrota sonaba las llaves. El Mayor, contrariado, se mesaba la barba chivona, y en la espera, haciendo piernas entróse por la Sala de la Recámara Verde. El susto y el grito, la carrera furtiva, un rosario de léperos textos, concertaban toda la vida del Congal, en la luz cenicienta del alba. Lupita, taconeando, surgió en el arco de la verde recámara, un lunar nuevo en la mejilla: Por el pintado corazón de la boca vertía el humo del cigarro:

—¡Abilio, estás de mi gusto!

—Me mandé mudar.

—Oye, ¿y tú piensas que se oculta aquí Domiciano? ¡Poco faltó para que le armases la ratonera! ¡Ahora, échale perros!

IV

Y Nachito Veguillas aún exprime su gesto turulato frente a la ventana del estudiante. El tiempo parece haber prolongado todas las acciones, suspensas absurdamente en el ápice de un instante, estupefactas, cristalizadas, nítidas, inverosímiles como sucede bajo la influencia de la marihuana. El estudiante, entre sus libros, tras de la mesa, despeinado, insomne, mira atónito: A Nachito tiene delante, abierta la boca y las manos en las orejas:

—¡Me he suicidado!

El estudiante cada vez parece más muerto:

—¿Usted es un fugado de Santa Mónica?

Nachito se frota los ojos:

—Viene a ser como un viceversa... Yo, amigo, de nadie escapo. Aquí me estoy. Míreme usted, amigo. Yo no escapo... Escapa el culpado. No soy más que un acompañante... Si me pregunta usted por qué tengo entrado aquí, me será difícil responderle. ¿Acaso sé dónde me encuentro? Subí por impulso ciego, en el arrebato de ese otro que usted ha visto. Mi palabra le doy. Un caso que yo mismo no comprendo. ¡Biomagnetismo!

El estudiante le mira perplejo sin descifrar el enredo de pesadilla donde fulgura el rostro de aquel que escapó por la lívida ventana, abierta toda la noche con la perseverancia de las cosas inertes, en espera de que se cumpla aquella contingencia de melodrama. Nachito solloza, efusivo y cobarde:

—Aquí estoy, noble joven. Solamente pido para serenarme un trago de agua. Todo es un sueño.

En este registro, se le atora el gallo. Llega del corredor estrépito de voces y armas. Empuñando el revólver, cubre la puerta la figura del Mayor Abilio del Valle. Detrás, soldados con fusiles:

—¡Manos arriba!

V

Por otra puerta una gigantona descalza, en enaguas y pañoleta: La greña aleonada, ojos y cejas de tan intensos negros que, con ser muy morena la cara, parecen en ella tiznes y lumbres: Una poderosa figura de vieja bíblica: Sus brazos de acusados tendones, tenían un pathos barroco y estatuario. Doña Rosita Pintado entró en una ráfaga de voces airadas, gesto y ademán en trastorno:

—¿Qué buscan en mi casa? ¿Es que piensan llevarse al chamaco? ¿Quién lo manda? ¡Me llevan a mí! ¿Éstas son leyes?

Habló el Mayor del Valle:

—No me vea chuela, Doña Rosita. El retoño tiene que venirse merito a prestar declaración. Yo le garanto que cumplida esa diligencia, como se halle sin culpa, acá vuelve el muchacho. No tema ninguna ojeriza. Esto lo dimanan las circunstancias. El muchacho vuelve, si está sin culpa, yo se lo garanto.

Miró a su madre el mozalbete, y con arisco ceño, le recomendó silencio. La gigantona, estremecida, corrió para abrazarle, en desolado ademán los brazos. La arrestó el hijo con gesto firme:

—Mi vieja, cállese y no la friegue. Con bulla nada se alcanza.

Clamó la madre:

—¡Tú me matas, negro de Guinea!

—¡Nada malo puede venirme!

La gigantona se debatió, asombrada en una oscuridad de dudas y alarmas:

—¡Mayorcito del Valle, dígame usted lo que pasa!

Interrumpió el mozuelo:

—Uno que entró perseguido y se fugó por la ventana.

—¿Tú que le has dicho?

—Ni tiempo tuve de verle la cara.

Intervino el Mayor del Valle:

—Con hacer esta declaración donde corresponde, todo queda terminado.

Plegó los brazos la gigantona:

—¿Y el que escapaba, se sabe quién era?

Nachito sacó la voz entre nieblas alcohólicas:

—¡El Coronel de la Gándara!

Nachito, luciente de lágrimas, encogido entre dos soldados, resoplaba con la alcuza llorona pingando la moca. Aturdida, en desconcierto, le miró Doña Rosita:

—¡Valedor! ¿También usted llora?

—¡Me he suicidado!

El Mayor del Valle levanta el charrasco y la escuadra se apronta, sacando entre filas al estudiante y a Nachito.

VI

Despeinadas y ojerosas atisbaban tras de la reja las niñas de Taracena. Se afanan por descubrir a los prisioneros, sombras taciturnas entre la gris retícula de las bayonetas. El sacristán de las monjas sacaba la cabeza por el arquillo del esquilón. Tocaban diana las cornetas de fuertes y cuarteles. Tenía el mar caminos de sol. Los indios, trajinantes nocturnos, entraban en la ciudad guiando recuas de llamas cargadas de mercaderías y frutos de los ranchos serranos: El bravío del ganado recalentaba la neblina del alba. Despertábase el Puerto con un son ambulatorio de esquilas, y la patrulla de fusiles desaparecía con los dos prisioneros, por el Arquillo de las Portuguesas. En el Congal, la Madrota daba voces ordenando que las pupilas se recogiesen a la perrera del sotabanco, y el coime, con una flor en el pelo, trajinaba remudando la ropa de las camas del trato. Lupita la Romántica, en camisa rosa, rezaba ante el retablo de luces en la Recámara Verde. Murmuró el coime con un alfiler en los labios, al mismo tiempo que estudiaba los recogidos de la colcha:

—¡Aún no se me fue el sobresalto!

CUARTA PARTE

AMULETO NIGROMANTE

LIBRO PRIMERO

LA FUGA

I

El Coronelito Domiciano de la Gándara, en aquel trance, se acordó de un indio a quien tenía obligado con antiguos favores. Por Arquillo de Madres, retardando el paso para no mover sospecha, salió al Campo del Perulero.

II

Zacarías San José, a causa de un chirlo que le rajaba la cara, era más conocido por Zacarías el Cruzado: Tenía el chozo en un vasto charcal de juncos y médanos, allí donde dicen Campo del Perulero: En los bordes cenagosos picoteaban grandes cuervos, auras en los llanos andinos y zopilotes en el Seno de México. Algunos caballos mordían la hierba a lo largo de las acequias. Zacarías trabajaba el barro, estilizando las fúnebres bichas de chiromayos y chiromecas. La vastedad de juncos y médanos flotaba en nieblas de amanecida. Hozaban los marranos en el cenagal, a espaldas del chozo, y el alfarero, sentado, sobre los talones, la chupalla en la cabeza, por todo vestido un camisote, decoraba con prolijas pinturas jícaras y güejas. Taciturno bajo una nube de moscas, miraba de largo en largo al bejucal donde había un caballo muerto. El Cruzado no estaba libre de recelos: Aquel zopilote que se había metido en el techado, azotándole con negro aleteo, era un mal presagio. Otro signo funesto, las pinturas vertidas: El amarillo, que presupone hieles, y el negro, que es cárcel, cuando no llama muerte, juntaban sus regueros. Y recordó súbitamente que la chinita, la noche pasada, al apagar la lumbre, tenía descubierta una salamandra bajo el metate de las tortillas... El alfarero movía los pinceles con lenta minucia, cautivo en un dual contradictorio de acciones y pensamientos.

III

La chinita, en el fondo del jacal, se mete la teta en el hipil, desapartando de su lado al crío que berrea y se revuelca en tierra. Acude a levantarle con una azotaina, y suspenso de una oreja le pone fuera del techado. Se queda la chinita al canto del marido, atenta a los trazos del pincel, que decora el barro de una güeja:

—¡Zacarías, mucho callas!

—Di no más.

—No tengo un centavito.

—Hoy coceré los barros.

—¿Y en el entanto?

Zacarías repuso con una sonrisa atravesada:

—¡No me friegues! Estas cuaresmas el ayunar está muy recomendado.

Y quedó con el pincelillo suspenso en el aire, porque era sobre la puerta del jacal el Coronelito Domiciano de la Gándara: Un dedo en los labios.

IV

El cholo, con leve carrerilla de pies descalzos, se junta al Coronelito: Platican, alertados, en la vera de un maguey culebrón:

—Zacarías, ¿quieres ayudarme a salir de un mal paso?

—¡Patroncito, bastantemente lo sabe!

—La cabeza me huele a pólvora. Envidias son de mi compadre Santos Banderas. ¿Tú quieres ayudarme?

—¡No más que diga, y obedecerle!

—¿Cómo proporcionarme un caballo?

—Tres veredas hay, patroncito: Se compra, se pide a un amigo o se le toma.

—Sin plata no se compra. El amigo nos falta. ¿Y dónde descubres tú un guaco para bolearle? Tengo sobre los pasos una punta de cabrones. ¡Verás no más! La idea que traía formada es que me subieses en canoa a Potrero Negrete.

—Pues a no dilatarlo, mi jefe. La canoa tengo en los bejucales.

—Debo decirte que te juegas la respiración, Zacarías.

—¡Para lo que dan por ella, patroncito!

V

Husmea el perro en torno del maguey culebrón, y bajo la techumbre de palmas engresca el crío, que pide la teta, puesto de pie, al flanco de la madre. Zacarías aseñó a la mujer para que se llegase:

—¡Me camino con el patrón!

Apagó la voz la chinita:

—¿Compromiso grande?

—Esa pinta descubre.

—Recuerda, si te dilatas, que no me dejas un centavo.

—¡Y qué hacerle, chinita! Llevas a colgar alguna cosa.

—¡Como no lleve la frazada del catre!

—Empeñas el relojito.

—¡Con el vidrio partido, no dan un boliviano!

El Cruzado se descolgaba el cebollón de níquel, sujeto por una cadena oxidada. Y antes que la chinita, adelantóse a tomarlo el Coronel de la Gándara:

—¡Tan bruja estás, Zacarías!

Suspiró la comadre:

—¡Todo se lo lleva el naipe, mi jefecito! ¡Todo se lo lleva la ciega ofuscación de este hombre!

—¡Sí que no vale un boliviano!

El Coronelito voltea el reloj por la cadena, y con risa jocunda lo manda al cenagal, entre los marranos:

—¡Qué valedor!

La comadre aprobaba mansamente. Había velado el tiro con el propósito de ir luego a catearlo. El Coronelito se quitó una sortija:

—Con esto podrás remediarte.

La chinita se echó por tierra, besando las manos al valedor.

VI

El Cruzado se metía puertas adentro, para ponerse calzones y ceñirse el cinto del pistolón y el machete. Le sigue la coima:

—¡Pendejada que resultare fullero el anillo!

—¡Pendejada y media!

La chinita le muestra la mano, jugando las luces de la tumbaga:

—¡Buenos brillos tiene! Puedo llegarme a un empeñito para tener cercioro.

—Si corres uno solo pudieran engañarte.

—Correré varios. A ser de ley, no andará muy distante de valer cien pesos.

—Tú ve en la cuenta de que vale quinientos, o no vale tlaco.

—¿Te parés lo lleve mero mero?

—¿Y si te dan cambiazo?

—¡Qué esperanza!

VII

El Coronelito, sobre la puerta del jacal, atalayaba el Campo del Perulero.

—No te dilates, manís.

Ya salía el cholo, con el crío en brazos y la chinita al flanco. Suspira, esclava, la hembra:

—¿Cuándo será la vuelta?

—¡Pues y quién sabe! Enciéndele una velita a la Guadalupe.

—¡Le encenderé dos!

—¡Está bueno!

Besó al crío, refregándole los bigotes, y lo puso en brazos de la madre.

VIII

El Coronelito y Zacarías caminaron por el borde de la gran acequia hasta el Pozo del Soldado. Zacarías echó al agua un dornajo, atracado en el légamo, y por la encubierta de altos bejucales y floridas lianas remontaron la acequia.

LIBRO SEGUNDO

LA TUMBAGA

I

EMPEÑITOS DE QUINTÍN PEREDA.—La chinita se detuvo ante el escaparate, luciente de arracadas, fistoles y mancuernas, guarnecido de pistolas y puñales, colgado de ñandutís y zarapes: Se estuvo a mirar un buen espacio: Cargaba al crío sobre la cadera, suspenso del rebozo, como en hamaca: Con la mano barríase el sudor de la frente: Parejo recogía y atusaba la greña: Se metió por la puerta con humilde salmodia:

—¡Salucita, mi jefe! Pues aquí estamos, no más, para que el patroncito se gane un buen premio. ¡Lo merece, que es muy valedor y muy cabal gente! ¡Vea qué alhajita de mérito!

Jugaba sobre el mostrador la mano prieta, sin sacarse el anillo. Quintín Pereda, el honrado gachupín, declinó en las rodillas el periódico que estaba leyendo y se puso las antiparras en la calva:

—¿Qué se ofrece?

—Su tasa. Es una tumbaga muy chulita. Mi jefecito, vea no más los resplandores que tiene.

—¡No querrás que te la precie puesta en el dedo!

—¡Pues sí que el patroncito no es baqueano!

—¡Hay que tocar el aro con el aguafuerte y calibrar la piedra!

La chinita se quitó el anillo, y, con un mohín reverente, lo puso en las uñas del gachupín:

—Señor Peredita, usted me ordena.

Agazapada al canto del mostrador, quedó atenta a la acción del usurero, que, puesto en la luz, examinaba la sortija con una lente:

—Creo conocer esta prenda.

Se avizoró la chinita:

—No soy su dueña. Vengo mandada de una familia que se ve en apuro.

El empeñista tornaba al examen, modulando una risa de falso teclado:

—Esta alhajita estuvo aquí otras veces. Tú la tienes de la uña, muy posiblemente.

—¡Mi jefecito, no me cuelgue tan mala fama!

El usurero se bajaba los espejuelos de la calva, recalcando la risa de Judas:

—Los libros dirán a qué nombre estuvo otras veces pignorada.

Tomó un cartapacio del estante y se puso a hojearlo. Era un viejales maligno, que al hablar entreveraba insidias y mieles, con falsedades y reservas. Había salido mocín de su tierra, y al rejo nativo juntaba las suspicacias de su arte y la dulzaina criolla de los mameyes: Levantó la cabeza y volvió a ponerse en la frente los espejuelos:

—El Coronel Gandarita pignoró este solitario el pasado agosto... Lo retiró el 7 de octubre. Te daré cinco soles.

Salmodió la chinita, con una mano sobre la boca:

—¿En cuánto estuvo? Eso mismo me dará el patroncito.

—¡No te apendejes! Te daré cinco soles, por hacerte algún beneficio. A bien ser, mi obligación era llamar horita a los gendarmes.

—¡Qué chance!

—Esta prenda no te pertenece. Yo, posiblemente, perderé los cinco soles, y tendré que devolvérsela a su dueño, si formula una reclamación judicial. Puedo fregarme por hacerte un servicio que no agradeces. Te daré tres soles, y con ellos tomas viento fresco.

—¡Mi jefecito, usted me ve chuela!

El empeñista se apoyó en el mostrador con sorna y recalma:

—Puedo mandarte presa.

La chinita se rebotó, mirándole aguda, con el crío sobre el anca y las manos en la greña:

—¡La Guadalupita me valga! Denantes le antepuse que no es mía la prenda. Vengo mandada del Coronelito.

—Tendrás que justificarlo. Recibe los tres soles y no te metas en la galera.

—Patroncito, vuélvame el anillo.

—Ni lo sueñes. Te llevas los tres soles, y si hay engaño en mis sospechas, que venga a cerrar trato el legítimo propietario. Esta alhajita se queda aquí depositada. Mi casa es muy suficientemente garante. Recoge la plata y camínate luego luego.

—¡Señor Peredita, es un escarnio el que me hace!

—¡Si debías ir a la galera!

—Señor Peredita, no me denigre, que va equivocado. El Coronelito está en un apuro y queda no más esperando la plata. Si recela hacer trato, vuélvame la tumbaguita. Ándele, mi jefecito, y no me sea horita malo, que siempre ha sido para mí muy buena reata.

—No me sitúes en el caso de cumplir con la ley. Si te dilatas en recoger la moneda y ponerte en la banqueta, llamo a los gendarmes.

La chinita se revolvió amendigada y rebelde:

—¡No desmentís el ser gachupín!

—¡A mucha honra! Un gachupín no ampara el robo.

—¡Pero lo ejerce!

—¡Tú te buscas algo bueno!

—¡Mala casta!

—¡Voy a solfearte la cochina cuera!

—De mala tierra venís, para tener conciencia.

—¡No me toques a la Patria, porque me ciego!

El empeñista se agacha bajo el mostrador y se incorpora blandiendo un rebenque.

II

Metíase, vergonzante, por la puerta del honrado gachupín la pareja del ciego lechuzo y la niña mustia. La niña detuvo al ciego sobre la cortinilla roja de la mampara vidriera. Musitó el padre:

—¿Con quién es el pleito?

—Una indita.

—¡Hemos venido en mala sazón!

—¡Pues y quién sabe!

—Volveremos luego.

—Y hallaríamos el mismo retablo.

—Pues esperemos.

El empeñista se adelantó, hablándoles:

—Pasen ustedes. Supongo que traerán los atrasitos del piano. Son ya tres plazos los que me adeudan.

Murmuró el ciego:

—Solita, explícale la situación y nuestros buenos deseos al Señor Pereda.

Suspiró, redicha, la mustia:

—Nuestro deseo es cumplir y ponernos al corriente.

Sonrió el gachupín con hieles judaicas:

—El deseo no basta, y debe ser acompañado de los hechos. Están ustedes muy atrasados. A mí me gusta atender las circunstancias de mis clientes, aun contrariando mis intereses: Ésa ha sido mi norma y volverá a serlo, pero con la revolución, todos los negocios marchan torcidos. ¡Son muy malas las circunstancias para poder relajar las cláusulas del contrato! ¿Qué pensaban abonar horita?

El ciego lechuzo torcía la cabeza sobre el hombro de la niña:

—Explícale nuestras circunstancias, Solita. Procura ser elocuente.

Murmuró dolorosa la chicuela:

—No hemos podido reunir la plata. Deseábamos rogarle que esperase a la segunda quincena.

—¡Imposible, chulita!

—¡Hasta la segunda quincena!

—Me duele negarme. Pero hay que defenderse, niña, hay que defenderse. Si no cumplen me veré en el dolor de retirarles el pianito. Acaso para ustedes represente una tranquilidad quitarse la carguita de los plazos. ¡Todo hay que mirarlo!

El ciego se torcía sobre la chicuela.

—¿Y perderíamos lo entregado?

Encareció con mieles el empeñista:

—¡Naturalmente! Y aún me cargo yo con los transportes y el deterioro que representa el uso.

Murmuró, acobardado, el ciego:

—Alargue usted el plazo a la segunda quincena, Señor Peredita.

Tornó a su encarecimiento meloso el empeñista:

—¡Imposible! ¡Me estoy arruinando con las complacencias! ¡Ya no puede ser más! ¡He puesto fechos al corazón para no verme fregado en el negocio! ¡Si no tengo nervio, entre todos me hunden en la pobreza! Hasta maña-

nita puedo alargarles el plazo, más no. Vean de arreglar-
se. No pierdan aquí el tiempo.

Suplicó la niña:

—¡Señor Peredita, dilate su plazo a la segunda quincena!

—¡Imposible, primorosita! ¡Qué más quisiera yo que
poder complacerte!

—¡No sea usted de su tierra, Señor Peredita!

—Para mentar a mi tierra, límpiate la lengua contra un
cardo. No amolarla, hijita, que si no andáis con plumas,
se lo debéis a España.

El ciego se doblaba rencoroso, empujando a la niña para
que le sacase fuera:

—España podrá valer mucho, pero las muestras que acá
nos remite son bien chingadas.

El empeñista azotó el mostrador con el rebenque:

—Merito póngase en la banqueta. La Madre Patria y
sus naturales estamos muy por encima de los juicios que
pueda emitir un roto indocumentado.

La mustia mozuela, con acelero, llevábase al padre por
la manga:

—Taitita, no hagás una cólera.

El ciego golpeaba en el umbral con el hierro del bastón:

—Este judío gachupín nos crucifica. ¡Te priva del pianito cuando marchabas mejor en tus estudios!

III

La otra chinita del crío al flanco, sale de un rincón de
sombra, con cautela de blandas pisadas:

—¡Don Quintinito, no sea usted tan ruin! ¡Devuélva-
me la tumbaguita!

De una mano requiere el tapado, de la otra hace señal
a la mustia pareja porque atienda y no se vaya. El empeñista azota el mostrador con el rebenque:

—¡Se me hace que vas a buscarte un compromiso, so pendeja!

—¡Vuélvame la tumbaguita!

—Tanicuanto regrese mi dependiente lo mandaré a entrevistarse con el legítimo propietario. Ten un tantito de paciencia, hasta cuando que haya sido evacuada la diligencia. Mi crédito debe serte muy suficientemente garante. En el entanto, la alhajita queda aquí depositada. Ponte, merito, en la banqueta y no me dejes aquí los piojos.

La chinita acude al umbral y, alborotada, reclama a la mustia pareja, que se ausenta con rezo de protestas y lástimas:

—¡Oigan no más! Atiendan al tanto de cómo este hombre me despoja.

El gachupín la llamó, revolviendo en el cajón de la plata:

—No seas leperona. Toma cinco soles.

—Guárdese la moneda y vuélvame la tumbaguita.

—No me friegues.

—Señor Peredita, usted no mide bien lo que hace. Usted se busca que venga con reclamaciones mi gallo. ¡Don Quintinito, sépase usted que tiene un espolón muy afilado!

El empeñista apilaba en el mostrador los cinco soles:

—Hay leyes, hay gendarmería, hay presidios y, en últimas resultas, hay una bala: Pagaré mi multa y libertaré de un pícaro a la sociedad.

—Patroncito, no le presuponga tan pendejo que se venga dando la cara.

—Cholita, recoge la moneda. Si merito, hechas las investigaciones que me exigen las leyes, hubiera lugar a darte más alguna cosa, no te será negada. Recoge la moneda. Si tienes alguna papeletita al vencimiento, me la traes luego luego y procuraré de alargarte el plazo.

—¡Patroncito, no me vea chuela! Usted me da la tasa. El Coronel Gandarita se ha puesto impensadamente en viaje y deja algunas obligacioncitas. No lo piense más y ponga en el mostrador el cabal.

—¡Imposible, cholita! Te hago no más que el cincuenta por ciento de diferencia. La tasa, puedes verlo en el libro, son nueve soles. ¡Recibes más del cincuenta!

—¡Señor Peredita, no se coma usted los ceros!

—Vistas las circunstancias, te daré los nueve soles. ¡Y no me pudras la sangre! Si sale mentira tu cuento, me echo encima una denuncia del legítimo propietario.

Durante el rezo del honrado gachupín, la chinita arrebañaba del mostrador las nueve monedas, hacía el recuento pasándolas de una mano a otra, se las ataba en una punta del rebozo. Encorvándose, con el chamaco sobre el flanco, se aleja, galguera:

—¡Mi jefecito, usted condenará su alma!

—¡País de ingratos!

El empeñista colgó el rebenque de un clavo, pasó una escobilla por los cartapacios comerciales y se dispuso al goce efusivo del periodiquín que le mandaban de su villa asturiana. *El Eco Avilesino* colmaba todas las ternuras patrióticas del honrado gachupín. Las noticias de muertes, bodas y bautizos le recordaban de los chigres con músicas de acordeón, de los velorios con ronda de anisete y castañas. Los edictos judiciales donde los predios rústicos son descritos con linderos y sembradura, le embelesaban, dándole una sugestión del húmedo paisaje: Arco iris, lluvias de invierno, sol en claras, quiebras de montes y verdes mares.

IV

Entró Melquíades, dependiente y sobrino del gachupín. Conducía una punta de chamacos, que sonaban las pintadas esquilas de fúnebres barros que se venden en la puerta de las iglesias por la fiesta de los Difuntos. Melquíades era chaparrote, con la jeta tozuda del emigrante que prospera y ahorra caudales. La tropa babieca, enfilada a canto del mostrador, repica los barros:

—¡Hijos míos! ¡Qué esperanza! ¡Idos a darle la murga a vuestra mamasita! ¡Que os vista los trajes de diario! ¡Melquíades, no debiste haberles relajado la moral, autorizándoles esta dilapidación de sus centavitos! ¡Muy suficiente una campanita para los cuatro! Entre hermanos bien avenidos, así se hace. Vayan a su mamá, que les mude sus trajecitos.

Melquíades, recadó la tropa, metiéndola por la escalerilla del piso alto:

—Don Celes Galindo les ha regalado los esquilones.

—¡Muy buena reata! Niños, a vuestra mamita, que os los guarde. Representan un recuerdo y debéis conservarlos para el año que viene y los sucesivos. ¡No sean rebeldes!

Melquíades, al pie de la escalerilla, vigilaba que el hato infantil subiese sin deterioro de los trajes nuevos. El arrastrarse por los escalones quedábase para el atuendo de diario. Melquíades insistió, ponderando la largueza de Don Celes:

—Son los barros de más precio. Bajo Arquillo de Madres puso en fila a los chamacos y les mandó elegir. Como pendejos, se fueron a los más caros. Don Celes sacó la plata y pagó sin atenuante. Me ha recomendado que usted no falte a la junta de notables en el Casino Español.

—¡Los esquiloncitos! ¡Ya estoy pagando el primer rédito! ¡Me nombrarán de alguna comisión, tendré que abandonar por ratos el establecimiento, posiblemente me veré incluido para contribuir!... De tales reuniones siempre sale una lista de suscripción. El Casino está pervirtiendo su funcionamiento y el objetivo de sus estatutos. De centro recreativo se ha vuelto un sacadineros.

—¡Está revolucionada la Colonia!

—¡Con razón! Desmonta el solitario de esa tumbaguita. Hay que desfigurarla.

Melquíades, sentado al pie del mostrador, buscaba en el cajón los alicates.

—*El Criterio* viene opuesto al cierre de cantinas que tramitan las Representaciones Extranjeras.

—¡Como que se vejan los intereses de muchos compatriotas! Los expendios de bebidas están autorizados por las leyes, y pagan muy buena matrícula. ¿Ha vertido alguna opinión Don Celestino!

—Don Celes se guía por que todo el comercio de españoles se haga solidario, y cierre en señal de protesta. Para eso es la junta de notables en el Casino.

—¡Qué esperanza! Esa opinión no puede prevalecer. Acudiré a la junta y haré patente mi disentimiento. Es una orientación nociva para los intereses de la Colonia. El comercio cumple funciones sociales en todos los países, y los cierres, cuando la medida no es general, sólo ocasionan pérdida de clientes. El Ministro de España, si llegado el caso, se conforma al cierre de los expendios de bebidas, se hará, de cierto, impopular con la Colonia. ¿Cómo respira Don Celestino?

—No mentó el tópico del Ministro.

—La junta de notables debía concretarse a fijar la actuación de ese loco de verano. Necesita orientaciones, y si se niega a recibirlas, aleccionarle, solicitando por cable la destitución. Para un fin tan justificado yo me suscribiría con una cuota.

—¡Y cualquiera!

—¿Por qué no lo haces tú, so pendejo?

—Ponga usted en mi cabeza el negocio, y verá si lo hago.

—¡Siempre polémico, Melquíades! ¡Siempre polémico!... Pues un cable resolvería la situación tan fregada del Ministro. ¡Un sodomita, comentado en todos los círculos sociales, que horita tiene al crápula en la cárcel!

—Ya le han dado suelta. A quien merito se llevaban los

gendarmes es a la Cucaracha. ¡Menuda revolución va armando!

—Esa gente escandalosa no debía estar documentada por el Consulado. Cucarachita, con el trato tan inmoralísimo que sostiene, denigra el buen nombre de la Madre Patria.

—No le ha caído mal pleito a la tía Cucaracha. Parece complicada en la evasión del Coronel Gandarita.

—¿El Coronel Gandarita evadido? ¡Deja esa tumbaga! ¡Vaya un compromiso! ¿Evadido de Santa Mónica?

—¡Evadido cuando iban a prenderle esta madrugada en el Congal de Cucarachita!

—¡Fugado! ¡La gran chivona me hizo pendejo! ¡Deja los alicates! ¡Fugado! El Coronel Gandarita era un descalificado y tenía que verse en este trance. ¡Vaya el viajecito que me pintó la chola fregada! ¡Melquíades, ese solitario ha pertenecido al Coronel Gandarita! ¡Un lazo que a última hora me tira ese briago! ¡Me sacó nueve soles!

Sonreía, cazurro, Melquíades:

—¡Vale quinientos!

Avinagróse el honrado gachupín:

—¡Un cuerno! Perderé la plata, si no quiero verme chingado. Horita me largo a denunciar el hecho en la Delegación de Policía. Posiblemente me exigirán la presentación de la tumbaguita y hacer el depósito.

Cabeceaba considerando el poco fundamento del mundo y sus prosperidades y fortunas.

V

El honrado gachupín, agachándose tras el mostrador, se muda las pantuflas por botas nuevas. Luego echa las llaves a los cajones, y de un clavo descuelga el jipi:

—Voy a esa diligencia.

Cazurreó Melquíades:

—Cállese usted la boca, y quede achantado.

—¡Y nos visitan los gendarmes antes de un rato! ¡Solamente cavilas macanas! ¡Poco vales para un consejo en caso apurado, Melquíades! La Policía andará sobreavisada, y no sería extraño que a la cabrona mediadora ya le tuvieran la mano en la espalda. Puedo verme complicado, si no denuncio el hecho y me atengo a las ordenanzas de Generalito Banderas. ¿Te correrías tú el compromiso de no cumplimentarlas? Nueve soles me cuesta operar confiado en la buena fe de los marchantes. Ahí tienes lo que produce el negocio con todo de una práctica dilatada, por sólo no tener en el sótano la conciencia. Yo, a esa cholita, que tan fullera me ha sido, pude darle no más tres soles, y le he puesto nueve en la mano. Para sacar adelante este negocio hay que vivir muy alertado y nunca obtendrás muchas prosperidades, sobrino. ¡En España soñáis que, arañando, se encuentra moneda acuñada en estas Repúblicas! Para evitarme complicaciones tendré que desprenderme de la tumbaguita y perder los nueve soles.

Melquíades adormilaba una sonrisa astuta de pueblerino asturiano:

—Al formular la denuncia se puede acompañar una alhajita de menos tasa.

El honrado gachupín se quedó mirando al sobrino. Súbita y consoladora luz iluminaba el alma del viejales:

—¡Una alhajita de menos tasa!...

LIBRO TERCERO

EL CORONELITO

I

Zacarías condujo la canoa por la encubierta de altos bejucales hasta la laguna de Ticomaipú. Alegrábase la mañana con un trenzado de gozosas algarabías —metales,
cohetes, bateo—. La indiada celebraba la fiesta de Todos
los Santos. Repicaban las campanas. Zacarías metió los
remos a bordo, e hincando con el bichero, varó el esquife
en la ciénaga, al socaire de espinosos cactus que, a modo
de cerca, limitaban un corral de gallinas, pavos y marranos. Murmuró el cholo:

—Estamos en lo de Niño Filomeno.

—¡Bueno va! Asómate en descubierta.

—Posiblemente, el patroncito estará divirtiéndose en la
plaza.

—Pues le buscas.

—¿Y si teme comprometerse?

—Es buena reata Filomeno.

—¿Y si lo teme y manda arrestarme?

—No habrá caso.

—En lo pior de lo malo hay que ponerse, mi jefecito.

Yo, de mi cuenta, dispuesto me hallo para servirle, y cuanti que me pusieran en el cepo, con callar boca y aguantar mancuerda, estaba cumplido.

Choteó el Coronelito:

—Tú escondes alguna idea luminosa. Descúbrela no más, y como ella sea buena, no te llamaré pendejo.

El cholo miraba por encima de la cerca:

—Si Niño Filomeno está ausente, mi parecer es tunarle los caballos y salir arreando.

—¿Adónde?

—Al campo insurrecto.

—Necesito viático de plata.

El Coronelito saltó en la riba fangosa, y a par del indio se puso a mirar por encima del cercado. Descollaba entre palmas y cedros el campanario de la iglesia con la bandera tricolor. Las tierras del rancho, cuadriculadas por acequias y setos, se dilataban con varios matices de verde y parcelas rojizas recién aradas. Piños vacunos pacían a lo lejos. Algunos caballos mordían la hierba, divagando por el margen de las acequias. Una canoa remontaba el canal: Se oía el golpe de los remos: En la banca bogaba un indio de piocha canosa, gran sombrero palmito y camisote de lienzo: En la popa venía sentado Niño Filomeno. La canoa atracó al pie de una talanquera. El Coronelito salió al encuentro del ranchero:

—Mi viejo, he venido para desayunar en tu compañía. ¡Madrugas, mi viejo!

El ranchero lo acogió con expresión suspicaz:

—He dormido en la capital. Me había mudado con el aliciente de oír la palabra de Don Roque Cepeda.

Se abrazan y, en buenos compadres, alternativamente se suspenden en alto.

II

Caminando de par por una senda de limoneros y naranjos, dieron vista a la casona del fundo: Tenía soportal de arcos encalados y un almagreño encendía las baldosas del soladillo. Colgaban de la viguería del porche muchas jaulas de pájaros y la hamaca del patrón en la fresca penumbra. Los muros eran vestidos de azules enredaderas. El Coronelito y Filomeno descansaron en jinocales parejos, bajo la arcada, en la corriente de la puerta, por fondo una cortinilla de lilailos japoneses. —Son los jinocales unos asientos de bejuco y palma, obra de los indios llaneros.— Al de la piocha canosa ordenó el patrón que sacase aparejo de vianda para el desayuno, y a la mucama, negra mandinga, que cebase el mate. Tornó Chino Viejo con un magro tasajo de oveja, y en lengua cutumay, explicó que la niña ranchera y los chamacos estaban ausentes por haberse ido a la fiesta de iglesia. Aprobó el patrón no más que con el gesto, y brindó del tasajo al huésped. El Coronelito clavó media costilla con un facón que sacó del cinto, y puesta la vianda en el plato, levantó el caneco de la chicha. Reiteró el latigazo por tres veces, y se animó consecutivamente:

—¡Compadre, me veo en un fregado!

—Tú dirás.

—Merito se le ha puesto en la calva tronarme al chingado Banderas. Albur pelón y naipe contrario, mi amigo, que dicen los Santos Padres. Más bruja que un roto y huyente de la tiranía me tienes aquí, hermano. Filomeno, me voy al campo insurrecto a luchar por la redención del país, y tu ayuda vengo buscando, pues tampoco eres afecto a este oprobio de Santos Banderas. ¿Quieres darme tu ayuda?

El ranchero clavaba la aguda mirada endrina en el Coronelito de la Gándara:

—¡Te ves como mereces! El oprobio que ahora condenas dura quince años. ¿Qué has hecho en todo ese tiempo? La Patria nunca te acordó cuando estabas en la gracia de Santos Banderas. Y muy posible que tampoco te acuerde ahora y que vengas echado para sacarme una confidencia. Tirano Banderas os hace a todos espías.

Se alzó el Coronelito:

—¡Filomeno, clávame un puñal, pero no me sumas en el lodo! El más ruin tiene una hora de ser santo. Yo estoy en la mía, dispuesto a derramar la última gota de sangre en holocausto por la redención de la Patria.

—Si el pleito con que vienes es una macana, allá tú y tu conciencia, Domiciano. Poco daño podrás hacerme, dispuesto como estoy para meter fuego al rancho y ponerme en campaña con mis peones. Ya lo sabes. La pasada noche estuve en el mitin, y he visto con mis ojos conducir esposado, entre caballos, a Don Roque Cepeda. ¡He visto la pasión del justo y el escarnio de los gendarmes!

El Coronelito miraba al ranchero con ojos chispones. Inflábale los rubicundos cachetes una amplia sonrisa de ídolo glotón, pancista y borracho:

—¡Filomeno, la seguridad ciudadana es puro relajo! Don Roque Cepeda tarde verá el sol, si una orden le sume en Santa Mónica: Tiene las simpatías populares, pero insuficientemente trabajados los cuarteles, y con meros indios votantes no sacará triunfante su candidatura para la Presidencia de la República. Yo hacía política revolucionaria y he sido descubierto, y, antes de ser tronado, me arranco la máscara. ¡Mi viejo, vamos a pelearle juntos el gallo a Generalito Banderas! ¡Filomeno, mi viejo, tú de milicias estás pelón, y te aprovecharán los consejos de un científico! Te nombro mi ayudante. Filomeno, manda no más a la mucama que te cosa los galones de capitán.

Filomeno Cuevas sonreía. Era endrino y aguileño. Los

dientes alobados, retinto de mostacho y entrecejo: En la figura prócer, acerado y bien dispuesto:

—Domiciano, será un fregado que mi peonada no quiera reconocerte por jefe, y se ofusque y cumpla la orden de tronarte.

El Coronelito se atizó un trago y afligió la cara:

—Filomeno, abusas de tus preeminencias y me estás viendo chuela.

Replicó el otro con humor chancero:

—Domiciano, reconozco tu mérito y te nombraré corneta, si sabes solfeo.

—¡No me hagas pendejo, hermano! En mi situación, esas pullas son ofensas mortales. A tu lado, en puesto inferior no me verás nunca. Digámonos adiós, Filomeno. Confío que no me negarás una montura y un guía baqueano. Tampoco estará de más algún aprovisionamiento de plata.

Filomeno Cuevas, amistoso, pero jugando siempre en los labios la sonrisa soflamera, posó la mano en el hombro del Coronelito:

—¡No te rajes, valedor! Aún falta que arengues a la peonada. Yo te cedo el mando si te aclama por jefe. Y en todo caso, haremos juntos las primeras marchas, hasta que se presente ocasión de zafarrancho.

El Coronelito de la Gándara inflóse, haciendo piernas, y socarroneó en el tono del ranchero:

—Manís, harto me favoreces para que te dispute una bola de indios: A ti pertenece conducirlos a la matanza, pues eres el patrón y los pagas con tu plata. No macanees y facilítame montura, que si aquí me descubren vamos los dos a Santa Mónica. ¡Mira que tengo los sabuesos sobre el rastro!

—Si asoman el hocico, no faltará quien nos advierta. Sé la que me juego conspirando, y no me dejaré tomar en la cama como una liebre.

El Coronelito asintió con gesto placentero:

—Eso quiere decir que se puede echar otro trago. Poner centinelas en los pasos estratégicos es providencia de buen militar. ¡Te felicito, Filomeno!

Hablaba con el gollete de la cantimplora en la boca, tendido a la bartola en el jinocal, rotunda la panza de dios tibetano.

III

La casa vacía, las estancias en desierta penumbra, se conmovieron con alborozo de voces ligeras: Timbradas risas de infancias alegres poblaron el vano de los corredores. La niña ranchera, aromada con los inciensos del misacantano, entraba quitándose los alfileres del manto, en la dispersión de una tropa de chamacos. El Coronelito de la Gándara roncaba en el jinocal, abierto de zancas, y un ritmo solemne de globo terráqueo conmovía la báquica andorga. Cambió una mirada con el marido la niña ranchera:

—¿Y ese apóstol?

—Aquí se ha venido buscando refugio. Por lo que cuenta, cayó en desgracia y está en la lista de los impurificados.

—¿Y vos cómo lo pasastes? ¡Me habés tenido en cuidado, toda la noche esperando!...

El ranchero calló ensombrecido, y la mirada endrina de empavonados aceros mudaba sus duras luces a una luz amable:

—¡Por ti y los chamacos no cumplo mis deberes de ciudadano, Laurita! El último cholo que carga un fusil en el campo insurrecto aventaja en patriotismo a Filomeno Cuevas. ¡Yo he debido romper los lazos de la familia y no satisfacerme con ser un mero simpatizante! Laurita,

por evitaros lloros, hoy el más último que milita en las
filas revolucionarias me hace pendejo a mis propios ojos.
Laurita, yo comercio y gano la plata, mientras otros se
juegan vida y hacienda por defender las libertades públi-
cas. Esta noche he visto conducir entre bayonetas a Don
Roquito. Si ahora me rajo y no cargo un fusil, será que
no tengo sangre ni vergüenza. ¡He tomado mi resolución
y no quiero lágrimas, Laurita!

Calló el ranchero, y súbitamente los ojos endrinos re-
cobraron sus timbres aguileños. La niña se recogía al pie
de una columna con el pañolito sobre las pestañas. El Coronelito abría los brazos y bostezaba: Suspendido en nieblas alcohólicas, salía del sueño a una realidad hilarante:
Reparó en la dueña y se alzó a saludarla con alarde jo-
cundo, ciñendo laureles de Baco y de Marte.

IV

Chino Viejo, por una talanquera, hacíale al patrón señas
con la mano. Dos caballos de brida asomaban las orejas.
Cambiadas pocas palabras, el ranchero y su mayoral mon-
taron y salieron a los campos con medio galope.

LIBRO CUARTO

EL HONRADO GACHUPÍN

I

Sin demorarse, el honrado gachupín acudió a la Delegación de Policía: Guiado por el sesudo dictamen del sobrino, testimonió la denuncia con un anillo de oro bajo y falsa pedrería, que, apurando la tasa, no valía diez soles. El Coronel-Licenciado López de Salamanca le felicitó por su civismo:

—Don Quintín, la colaboración tan espontánea que usted presta a la investigación policial merece todos mis plácemes. Le felicito por su meritoria conducta, no relajándose de venir a deponer en esta oficina, aportando indicios muy interesantes. Va usted a tomarse la molestia de puntualizar algunos extremos. ¿Conocía usted a la pueblera que se le presentó con el anillo? Cualquier indicación referente a los rumbos por donde mora podría ayudar mucho a la captura de la interfecta. Parece indudable que el fugado se avistó con esa mujer cuando ya conocía la orden de arresto. ¿Sospecha usted que haya ido derechamente en su busca?

—¡Posiblemente!

—¿Desecha usted la conjetura de un encuentro fortuito?

—¡Pues y quién sabe!

—¿El rumbo por donde mora la chinita, usted lo conoce?

El honrado gachupín quedó en falsa actitud de hacer memoria:

—Me declaro ignorante.

II

El honrado gachupín cavilaba ladino, si podía sobrevenirle algún daño: Temía enredar la madeja y descubrir el trueque de la prenda. El Coronel-Licenciado le miraba muy atento, la sonrisa suspicaz y burlona, el gesto infalible de zahorí policial. El empeñista acobardóse y, entre sí maldijo de Melquíades:

—En el libro comercial se pone siempre alguna indicación. Lo consultaré. No respondo de que mi dependiente haya cumplido esa diligencia: Es un cabroncito poco práctico, recién arribado de la Madre Patria.

El Jefe de Policía se apoyó en la mesa, inclinando el busto hacia el honrado gachupín:

—Lamentaría que se le originase un multazo por la negligencia del dependiente.

Disimuló su enojo el empeñista:

—Señor Coronelito, supuesta la omisión, no faltarán medios de operar con buen resultado a sus gentes. La chinita vive con un roto que alguna vez visitó mi establecimiento, y por seguro que usted tiene su filiación, pues no actuó siempre como ciudadano pacífico. Es uno de los plateados que se acogieron a indulto tiempos atrás, cuando se pactó con los jefes, reconociéndoles grados en el Ejército. Recién disimula trabajando en su oficio de alfarero.

—El nombre del sujeto ¿no lo sabe usted?

—Acaso lo recuerde más tarde.

—¿Las señas personales?

—Una cicatriz en la cara.

—¿No será Zacarías el Cruzado?

—Temo dar un falso reseñamiento, pero me inclino sobre esa sospecha.

—Señor Peredita, son muy valorizables sus aportaciones, y le felicito nuevamente. Creo que estamos sobre los hilos. Puede usted retirarse, Señor Pereda.

Insinuó el gachupín:

—¿La tumbaguita?

—Hay que unirla al atestado.

—¿Perderé los nueve soles?

—¡Qué chance! Usted entabla recurso a la Corte de Justicia. Es el trámite, pero indudablemente le será reconocido el derecho a ser indemnizado. Entable usted recurso. ¡Señor Peredita, nos vemos!

El Inspector de Policía tocó el timbre. Acudió un escribiente deslucido, sudoso, arrugado el almidón del cuello, la chalina suelta, la pluma en la oreja, salpicada de tinta la guayabera de dril con manguitos negros. El Coronel-Licenciado garrapateó un volante, le puso sello y alargó el papel al escribiente:

—Procédase violento a la captura de esa pareja, y que los agentes vayan muy sobre cautela. Elíjalos usted de moral suficiente para fajarse a balazos, e ilústrelos usted en cuanto al mal rejo de Zacarías el Cruzado. Si hay disponible alguno que le conozca, déle usted la preferencia. En el casillero de sospechosos busque la ficha del pájaro. Señor Peredita, nos vemos. ¡Muy meritoria su aportación!

Le despidió con ribeteo de soflama. El honrado gachupín se retiró cabizbajo, y su última mirada de can lastimero fue para la mesa donde la sortija naufragaba irremisiblemente bajo una ola de legajos. El Inspector, puntualizadas sus instrucciones al escribiente, se asomaba a una ventana rejona que caía sobre el patio. A poco, en formación y con paso acelerado, salía una escuadra de gendarmes. El caporal, mestizo de barba horquillada, era veterano de una partida bandoleresca años atrás capitaneada por el Coronel Irineo Castañón, Pata de Palo.

III

El caporal distribuyó su gente en parejas, sobre los aledaños del chozo, en el Campo del Perulero: Con el pistolón montado, se asomó a la puerta:

—¡Zacarías, date preso!

Repuso del adentro la voz azorada de la chinita:

—¡Me ha dejado para siempre el raído! ¡Aquí no lo busqués! ¡Tiene horita otra querencia ese ganado!

La sombra, amilanada tras la piedra del metate, arrastra el plañido y disimula el bulto. La tropa de gendarmes se juntaba sobre la puerta, con los pistolones apuntados al adentro. Ordenó el caporal:

—Sal tú para fuera.

—¿Qué me querés?

—Ponerte una flor en el pelo.

El caporal choteaba baladrón, por divertir y asegurar a su gente. Vino del fondo la comadre, con el crío sobre el anca, la greña tendida por el hombro, sumisa y descalza:

—Podés catear todos los rincones. Se ha mudado ese atorrante, y no más dejó que unos guaraches para que los herede el chamaco.

—Comadrita, somos baqueanos y entendemos esa soflama. Usted, niña, ha empeñado una tumbaguita perteneciente al Coronel de la Gándara.

—Por purita casualidad se ha visto en mi mano. ¡Un hallazgo!

—Va usted a comparecer en presencia de mi superior

jerárquico, Coronel López de Salamanca. Deposite usted
esa criatura en tierra y marque el paso.

—¿La criatura ya podré llevármela?

—La Dirección de Policía no es una inclusa.

—¿Y al cargo de quién voy a dejar el chamaco?

—Se hará expediente para mandarlo a la Beneficencia.

El crío, metiéndose a gatas por entre los gendarmes,
huyó al cenagal. Le gritó afanosa la madre:

—¡Ruin, ven a mi lado!

El caporal cruzó la puerta del chozo, encañonando la
oscuridad:

—¡Precaución! Si hay voluntarios para el registro, sal-
gan al frente. ¡Precaución! Ese roto es capaz de tirotear-
nos. ¿Quién nos garanta que no está oculto? ¡Date preso,
Cruzado! No la chingues, que empeoras tu situación.

Rodeado de gendarmes, se metía en el chozo, siempre
apuntando a los rincones oscuros.

IV

Practicado el registro, el caporal tornóse afuera y puso
esposas a la chinita, que suspiraba en la puerta, recogida
en burujo, con el fustán echado por la cabeza. La levantó
a empellones. El crío, en el pecinal, lloraba rodeado del
gruñido de los cerdos. La madre, empujada por los gendarmes, volvía la cabeza con desgarradoras voces:

—¡Ven! ¡No te asustes! ¡Ven! ¡Corre!

El niño corría un momento, y tornaba a detenerse sobre
el camino, llamando a la madre. Un gendarme se volvió,
haciéndole miedo, y quedó suspenso, llorando y azotán-
dose la cara. La madre le gritaba, ronca:

—¡Ven! ¡Corre!

Pero el niño no se movía. Detenido sobre la orilla de
la acequia sollozaba, mirando crecer la distancia que le
separaba de la madre.

LIBRO QUINTO

EL RANCHERO

I

Filomeno Cuevas y Chino Viejo arriendan los caballos en la puerta de un jacal y se meten por el sombrizo. A poco, dispersos, van llegando otros jinetes rancheros, platas en arneses y jaranos: Eran dueños de fundos vecinos, y secretamente adictos a la causa revolucionaria: Háblales dado el santo para la reunión Filomeno Cuevas. Aquellos compadres ayudábanle en un alijo de armas para levantarse con las peonadas: Un alijo que llevaba algunos días sepultado en Potrero Negrete. Entendía Filomeno que apuraba sacarlo de aquel pago y aprovisionar de fusiles y cananas a las glebas de indios. Poco a poco, con meditados espacios, todavía fueron llegando capataces y mayorales, indios baqueanos y boleadores de aquellos fundos. Filomeno Cuevas, con recalmas y chanzas, escribía un listín de los reunidos y se proclamaba partidario de echarse al campo, sin demorarlo. Secretamente, ya tenía determinado para aquella noche armar a sus peones con los fusiles ocultos en el manigual, pero disimulaba el propósito con astuta cautela. Enzarzada polémica, alternativamente oponían sus alarmas los criollos rancheros. Vista la resolución del compadre, se avinieron en ayudarle con caballos, peones y plata, pero ello había de ser en el mayor sigilo, para no condenarse con Tirano Banderas. Dositeo Velasco, que, por más hacendado, había sido de primeras el menos propicio para aventurarse en aquellos azares, con el café y la chicha, acabó enardeciéndose y jurando bravatas contra el Tirano:

—¡Chingado Banderitas, hemos de poner tus tajadas por los caminos de la República!

El café, la chicha y el condumio de tamales, provocaba en el coro revolucionario un humor parejo, y todos respiraron con las mismas soflamas: Alegres y abullangados, jugaban del vocablo: Melosos y corteses, salvaban con disculpas las leperadas: Compadritos, se hacían mamolas de buenas amistades:

—¡Valedorcito!

—¡Mi viejo!

—¡Nos vemos!

—¡Nos vemos!

Se arengaban con el último saludo, puestos en las sillas, revolviendo los caballos, galopando dispersos por el vasto horizonte llanero.

II

El sol de la mañana inundaba las siembras nacidas y las rojas parcelas recién aradas, espesuras de chaparros y prodigiosos maniguares con los toros tendidos en el carrero de sombra, despidiendo vaho. La Laguna de Ticomaipú era, en su cerco de tolderías, un espejo de encendidos haces. El patrón galopa en su alegre tordillo, por el borde de una acequia, y arrea detrás su cuartago el mayoral ranchero. Repiques y cohetes alegran la cálida mañana. Una romería de canoas engalanadas con flámulas, ramajes y reposteros de flores, sube por los canales, con fiesta de indios. Casi zozobraba la leve flotilla con tantos triunfos de músicas y bailes: Una tropa cimarrona —caretas de cartón, bandas, picas, rodelas— ejecuta la danza de los matachines, bajo los palios de la canoa capitana: Un tambor y un figle pautan los compases de piruetas y mudanzas. Aparece a lo lejos la casona del fundo. Sobre el verde de los oscuros naranjales promueven resplandores de azulejos, terradillos y azoteas. Con la querencia del potrero, las monturas avivaban la galopada. El patrón, arrendado en el camino mientras el mayoral corre la talanquera, se levanta en los estribos para mirar bajo los arcos: El Coronelito, tumbado en la hamaca, rasguea la guitarra y hace bailar a los chamacos: Dos mucamas cobrizas, con camisotes descotados, ríen y bromean tras de la reja cocineril con geranios sardineros. Filomeno Cuevas caracolea el tordillo, avispándole el anca con la punta del rebenque: De un bote penetra en el tapiado:

—¡Bien punteada, mi amigo! Hacés tú pendejo a Santos Vega.

—Tú me ganas... ¿Y qué sucedió? ¿Vas a dejarme capturar, mi viejo? ¿Qué traes resuelto?

El patrón, apeado de un salto, entrábase por la arcada, sonoras las plateras espuelas y el zarape de un hombro colgándole: El recamado alón del sombrero revestía de sombra el rostro aguileño de caprinas barbas:

—Domiciano, voy a darte una provisión de cincuenta bolívares, un guía y un caballo, para que tomes vuelo. Enantes, con la mosca de tus macanas, te hablé de remontarnos juntos. Mero, mero, he mudado de pensamiento. Los cincuenta bolívares te serán entregados al pisar las líneas revolucionarias. Irás sin armas, y el guía lleva la orden de tronarte si le infundes la menor sospecha. Te recomiendo, mi viejo, que no lo divulgues, porque es una orden secreta.

El Coronelito se incorporó calmoso, apagando con la mano un lamento de la guitarra:

—¡Filomeno, deja la chuela! Harto sabes, hermano, que mi dignidad no me permite suscribir esa capitulación denigrante. ¡Filomeno, no esperaba ese trato! ¡De amigo te has vuelto cancerbero!

Filomeno Cuevas con garbosa cachaza tiró en el jinocal zarape y jarano: Luego sacó del calzón el majo pañuelo de seda y se enjugó la frente, encendida y blanca entre mechones endrinos y tuestes de la cara:

—¡Domiciano, vamos a no chingarla! Tú te avienes con lo que te dan y no pones condiciones.

El Coronelito abrió los brazos:

—¡Filomeno, no late en tu pecho un corazón magnánimo!

Tenía el pathos chispón de cuatro candiles, la verba sentimental y heroica de los pagos tropicales. El patrón, sin dejar el chanceo, fue a tenderse en la hamaca, y requirió la guitarra, templando:

—¡Domiciano, voy a salvarte la vida! Aún fijamente no estoy convencido de que la tengas en riesgo, y tomo mis precauciones: Si eres un espía, ten por seguro que la vida te cuesta. Chino Viejo te pondrá salvo en el campamento insurrecto, y allí verán lo que hacen de tu cuera. Precisamente me urgía mandar un mensaje para aquella banda, y tú lo llevarás con Chino Viejo. Pensaba que fueses corneta a mis órdenes, pero las bolas han rodado contrariamente.

El Coronelito se finchó con alarde de Marte:

—Filomeno, me reconozco tu prisionero y no me rebajo a discutir condiciones. Mi vida te pertenece; puedes tomarla si no te causa molestia. ¡Enseñas buen ejemplo de hospitalidad a estos chamacos! Niños, no se remonten: Vengan ustedes acá un rato y aprendan cómo se recibe al amigo que llega sin recursos, buscando un refugio para que no lo truene el Tirano.

La tropa menuda hacía corro, los ingenuos ojos asustados con atento y suspenso mirar. De pronto, la más mediana, que abría la rueda pomposa de su faldellín entre dos grandotes atónitos, se alzó con lloros, penetrando en el drama del Coronelito. Salió acuciosa, la abuela, una vieja de sangre italiana, renegrida, blanco el moñete, los ojos carbones y el naso dantesco:

—¿Cosa c'é, amore?

El Coronelito ya tenía requerido a la niña, y refregándole las barbas, la besaba: Erguíase rotundo, levantando a la llorosa en brazos, movida la glotona figura con un escorzo tan desmesurado, que casi parodiaba la gula de Saturno. Forcejea y acendra su lloro la niña por escaparse, y la abuela se encrespa sobre el cortinillo japonés, con el rebozo mal terciado. El Coronelito la rejonea con humor alcohólico:

—¡No se acalore, mi viejecita, que es nocivo para el bazo!

—¡Ni me asustés vos a la bambina, mal tragediante!

—Filomeno, corresponde con tu mamá política y explícale la ocurrencia: La lección que recibes de tus vástagos, el ejemplo de este ángel. ¡No te rajes y satisface a tu mamá! ¡Ten el valor de tus acciones!

III

Acompasan con unánime coro los cinco chamacos. El Coronelito, en medio, abierto de brazos y zancas, desconcierta con una mueca el mascarón de la cara y ornea un sollozo, los fuelles del pecho inflando y desinflando:

—¡Tiernos capullos, estáis dando ejemplo de civismo a vuestros progenitores! Niños, no olvidéis esta lección fundamental, cuando os corresponda actuar en la vida. ¡Filomeno, estos tiernos vástagos te acusarán como un remordimiento, por la mala producción que has tenido a mí referente! ¡Domiciano de la Gándara, un amigo entrañable, no ha despertado el menor eco en tu corazón! Esperaba verse acogido fraternalmente, y recibe peor trato que un prisionero de guerra. Ni se le autorizan las armas ni la palabra de honor le garanta. ¡Filomeno, te portas con tu hermano chingadamente!

El patrón, sin dejar de templar, con un gesto indicaba a la suegra que se llevase a los chamacos. La vieja italiana arrecadó el hatillo y lo metió por la puerta. Filomeno Cuevas cruzó las manos sobre los trastes, agudos los ojos, y en el morado de la boca, una sonrisa recalmada:

—Domiciano, te estás demorando no haciéndote orador parlamentario. Cosecharías muchos aplausos. Yo lamento no tener bastante cabeza para apreciar tu mérito, y mantengo todas las condiciones de mi ultimátum.

Un indio ensabanado y greñudo, el rostro en la sombra alona de la chupalla, se llegó al patrón, hablándole en voz baja. Filomeno llamó al Coronelito:

—¡Estamos fregados! Tenemos tropas federales por los rumbos del rancho.

Escupió el Coronelito, torcida sobre el hombro la cara:

—Me entregas, y te pones a bien con Banderitas. ¡Filomeno, te has deshonrado!

—¡No me chingues! Harto sabes que nunca me rajé para servir a un amigo. Y de mis prevenciones es justificativo el favor que gozabas con el Tirano. No más, ahora, visto el chance, la cabeza me juego si no te salvo.

—Dame una provisión de pesos y un caballo.

—Ni pensar en tomar vuelo.

—Véame yo en campo abierto y bien montado.

—Estarás aquí hasta la noche.

—¡No me niegues el caballo!

—Te lo niego porque hago mérito de salvarte. Hasta

la noche vas a sumirte en un chiquero, donde no te descubrirá ni el diablo.

Tiraba del Coronelito y le metía en la penumbra del zaguán.

IV

Por la arcada deslizábase otro indio, que traspasó el umbral de la puerta santiguándose. Llegó al patrón, sutil y cauto, con pisadas descalzas:

—Hay leva. Poco faltó para que me laceasen. Merito el tambor está tocando en el Campo de la Iglesia.

Sonrió el ranchero, golpeando el hombro del compadre:

—Por sí, por no, voy a enchiquerarte.

LIBRO SEXTO

LA MANGANA

I

Zacarías el Cruzado, luego de atracar el esquife en una maraña de bejucos, se alzó sobre la barca, avizorando el chozo. La llanura de esteros y médanos, cruzada de acequias y aleteos de aves acuáticas, dilatábase con encendidas manchas de toros y caballadas, entre prados y cañerlas. La cúpula del cielo recogía los ecos de la vida campañera en su vasto y sonoro silencio. En la turquesa del día orfeonaban su gruñido los marranos. Lloraba un perro muy lastimero. Zacarías, sobresaltado, le llamó con un silbido. Acudió el perro zozobrante, bebiendo los vientos, sacudido con humana congoja: Levantado de manos sobre el pecho del indio, hociquea lastimero y le prende del camisote, sacándole fuera del esquife. El Cruzado monta el pistolón y camina con sombrío recelo: Pasa ante el chozo abierto y mudo. Penetra en la ciénaga: El perro le insta, sacudidas las orejas, el hocico al viento, con desolado tumulto, estremecida la pelambre, lastimero el resuello. Zacarías le va en seguimiento. Gruñen los marranos en el cenagal. Se asustan las gallinas al amparo del

maguey culebrón. El negro vuelo de zopilotes que abate
las alas sobre la pecina se remonta, asaltado del perro.
Zacarías llega: Horrorizado y torvo, levanta un despojo
sangriento. ¡Era cuanto encontraba de su chamaco! Los
cerdos habían devorado la cara y las manos del niño: Los
zopilotes le habían sacado el corazón del pecho. El indio
se volvió al chozo: Encerró en su saco aquellos restos, y
con ellos a los pies, sentado a la puerta, se puso a cavilar.
De tan quieto, las moscas le cubrían y los lagartos toma-
ban el sol a su vera.

II

Zacarías se alzó con oscuro agüero: Fue al metate, vol-
teó la piedra y descubrió un leve brillo de metales. La pa-
peleta del empeño, en cuatro dobleces, estaba debajo. Zacarías, sin mudar el gesto de su máscara indiana, contó
las nueve monedas, se guardó la plata en el cinto y dele-
treó el papel: "Quintín Pereda. Préstamos. Compra-
Venta." Zacarías volvió al umbral, se puso el saco al hombro y tomó el rumbo de la ciudad: A su arrimo, el perro
doblaba rabo y cabeza. Zacarías, por una calle de casas
chatas, con azoteas y arrequives de colorines, se metió en
los ruidos y luces de la feria: Llegó a un tabladillo de azares, y en el juego del parar apuntó las nueve monedas:
Doblando la apuesta, ganó tres veces: Le azotó un pensamiento absurdo, otro agüero, un agüero macabro: ¡El costal en el hombro le daba la suerte! Se fue, seguido del
perro, y entró en un bochinche: Allí se estuvo, con el saco
a los pies, bebiendo aguardiente. En una mesa cercana
comía la pareja del ciego y la chicuela. Entraba y salía
gente, rotos y chinitas, indios camperos, viejas que venían
por el centavo de cominos para los cocoles. Zacarías pidió
un guiso de guajolote, y en su plato hizo parte al perro:
Luego tornó a beber, con la chupalla sobre la cara: Tras-

cendía, con helada consciencia, que aquellos despojos le
aseguraban de riesgo: Presumía que le buscaban para prenderle, y no le turbaba el menor recelo; una seguridad cruel
le enfriaba: Se puso el costal en el hombro, y con el pie
levantó al perro:

—¡Porfirio, visitaremos al gachupín!

III

Se detuvo y volvió a sentarse, avizorado por el cuchicheo de la pareja lechuza:

—¿No alargará su plazo el Señor Peredita?

—¡Poco hay que esperar, mi viejo!

—Sin el enojo con la chinita hubiera estado más con-
templativo.

Zacarías, con la chupalla sobre la cara y el costal en
las rodillas, amusgaba la oreja. El ciego se había sacado
del bolsillo un cartapacio de papelotes y registraba entre
ellos, como si tuviese vista en el luto de las uñas:

—Vuelve a leerme las condiciones del contrato. Alguna cláusula habrá que nos favorezca.

Alargábale a la chamaca una hoja con escrituras y
sellos:

—¡Taitita, cómo soñamos! El gachupín nos tiene puesto
el dogal.

—Repasa el contrato.

—De memoria me lo sé. ¡Perdidos, mi viejo, como no
hallemos modo de ponernos al corriente!

—¿A cuánto sube el devengo?

—Siete pesos.

—¡Qué tiempos tan contrarios! ¡Otras ferias siete pesos
no suponían ni tlaco! ¡La recaudación de una noche como
la de ayer superaba esa cantidad por lo menos tres veces!

—¡Yo todos los tiempos que recuerdo son iguales!

—Tú eres muy niña.

—Ya seré vieja.

—¿No te parece que insistamos con un ruego al Señor Peredita? ¡Acaso exponiéndole nuestros propósitos de que tú cantes lueguito en conciertos!... ¿No te parece bien volver a verle?

—¡Volvamos!

—¡Lo dices sin esperanza!

—Porque no la tengo.

—¡Hija mía, no me das ningún consuelo! ¡El Señor Peredita también tendrá corazón!

—¡Es gachupín!

—Entre los gachupines hay hombres de conciencia.

—El Señor Peredita nos apretará el dogal sin compasión. ¡Es muy ruin!

—Reconoce que otras veces ha sido más deferente... Pero estaba muy tomado de cólera con aquella chinita, y no debía faltarle razón cuando la pusieron a la sombra.

—¡Otra que paga culpas de Domiciano!

IV

Zacarías se movió hacia la mustia pareja. El ciego, cerciorado de que la niña no leía el papel, lo guardaba en el cartapacio de hule negro. La cara del lechuzo tenía un gesto lacio, de cansina resignación. La niña le alargaba su plato al perro de Zacarías. Insistió Velones:

—¡Domiciano nos ha fregado! Sin Domiciano, Taracena estaría regentando su negocio y podría habernos adelantado la plata, o salido garante.

—Si no lo rehusaba.

—¡Ay hija, déjame un rajito de esperanza! Si me lo autorizases, pediría una botella de chicha. ¡No me decep-

ciones! La llevaremos a casa y me inspiraré para terminar
el vals que dedico a Generalito Banderas.

—¡Taitita, querés vos poneros trompeto!

—Hija, necesito consolarme.

Zacarías levantó su botella y llenó los vasos de la niña
y el ciego:

—Jalate no más. La cabrona vida sólo así se sobrelle-
va. ¿Qué se pasó con la chinita? ¿Fue denunciada?

—¡Qué chance!

—¿Y la denuncia la hizo el gachupín chingado?

—Para no comprometerse.

—¡Está bueno! Al Señor Peredita dejátelo vos de mi
mano.

Cargó el saco y se caminó con el perro a la vera, el alón
de la chupalla sobre la cara.

V

El Cruzado se fue despacio, enhebrándose por la rueda
de charros y boyeros que, sin apearse de las monturas,
bebían a la puerta del bochinche: Inmóvil el gesto de su
máscara verdina, huraño y entenebrecido, con taladro doloroso en las sienes, metióse en las grescas y voces del real,
que juntaba la feria de caballos. Cedros y palmas servían
de apoyo a los tabanques de jaeces, facones y chaman-
tos. Se acercó a una vereda ancha y polvorienta, con ca-
rros tolderos y meriendas: Jarochos jinetes lucían sus monturas en alardosas carreras, terciaban apuestas, se mentían
al procuro de engañarse en los tratos. Zacarías, con los
pies en el polvo, al arrimo de un cedro, calaba los ojos
sobre el ruano que corría un viejo jarocho. Tentándose
el cinto de las ganancias, hizo seña al campero:

—¿Se vende el guaco?

—Se vende.

—¿En cuánto lo ponés, amigo?

—Por muy bajo de su mérito.

—¡Sin macanas! ¿Querés vos cincuenta bolivianos?

—Por cada herradura.

Insistió Zacarías con obstinada canturia:

—Cincuenta bolivianos, si querés venderlo.

—¡No es pagarlo, amigo!

—Me estoy en lo hablado.

Zacarías no mudaba de voz ni de gesto. Con la insistencia monótona de la gota de agua, reiteraba su oferta. El jarocho revolvió la montura, haciendo lucidas corvetas:

—¡Se gobierna con un torzal! Mírale la boca y verés vos que no está cerrado.

Repitió Zacarías con su opaca canturia:

—No más me conviene en cincuenta bolivianos. Sesenta con el aparejo.

El jarocho se doblaba sobre el arzón, sosegando al caballo con palmadas en el cuello. Compadreó:

—Setenta bolivianos, amigo, y de mi cuenta las copas.

—Sesenta con la silla puesta, y me dejás la reata y las espuelas.

Animóse el campero, buscando avenencia:

—¡Sesenta y cinco! ¡Y te llevas, manís, una alhaja!

Zacarías posó el saco a los pies, se desató el cinto y, sentado en la sombra del cedro, contó la plata sobre una punta del poncho. Nubes de moscas ennegrecían el saco, manchado y viscoso de sangre. El perro, con gesto legañoso, husmeaba en torno del caballo. Desmontó el jarocho. Zacarías ató la plata en la punta del poncho y, demorándose para cerrar el ajuste, reconoció los corvejones y la boca del guaco: Puesto en silla cabalgó probándolo en cortas carreras, obligándole de la brida con brusco arriende, como cuando se tira al toro la mangana. El jarocho, en la linde de la polvorienta estrada, atendía al es-

caramuz, sobre las cejas la visera de la mano. Zacarías
se acercó, atemperando la cabalgada:

—Me cumple.

—¡Una alhaja!

Zacarías desató la punta del poncho, y en la palma del
campero, moneda a moneda, contó la plata:

—¡Amigo, nos vemos!

—¿No vos caminarés mero mero, sin mojar el trato?

—Mero mero, amigo. Me urge no dilatarme.

—¡Vaya chance!

—Tengo que restituirme a mi pago. Queda en palabra
que trincaremos en otra ocasión. ¡Nos vemos, amigo!

—¡Nos vemos! Compadrito, coidame vos del ruano.

El real de la feria tenía una luminosa palpitación cromática. Por los crepusculares caminos de tierra roja on-
dulaban recuas de llamas, piños vacunos, tropas de jinetes con el sol poniente en los sombreros bordados de plata.
Zacarías se salió del tumulto, espoleando, y se metió por
Arquillo de Madres.

VI

Zacarías el Cruzado se encubría con el alón de la chupalla: Una torva resolución le asombraba el alma; un
pensamiento solitario, insistente, inseparable de aquel
taladro dolorido que le hendía las sienes. Y formulaba
mentalmente su pensamiento, desdoblándolo con pueril
paralelismo:

—¡Señor Peredita, corrés de mi cargo! ¡Corrés de mi
cargo, Señor Peredita!

Cuando pasaba ante alguna iglesia se santiguaba. Los
tutilimundis encendían sus candilejas, y frente a una barraca de fieras sintió estremecerse los flancos de la montura: El tigre, con venteo de carne y de sangre, le rugía

levantado tras los barrotes de la jaula, la enfurecida cabeza asomada por los hierros, los ojos en lumbre, la cola
azotante: El Cruzado, advertido, puso espuelas para ganar
distancia: Sobre la fúnebre carga que sostenía en el arzón
había dejado caer el poncho. El Cruzado se aletargaba en
la insistencia monótona de su pensamiento, desdoblándolo
con obstinación mareante, acompasado por el latido neu-
rálgico de las sienes, sujeto a su ritmo de lanzadera:

—¡Señor Peredita, corrés de mi cargo! ¡Corrés de mi
cargo, Señor Peredita!

Las calles tenían un cromático dinamismo de pregones, guitarros, faroles, gallardetes. En el marasmo caliginoso, adormecido de músicas, acohetaban repentes de gritos,
súbitas espantadas y tumultos. El Cruzado esquivaba
aquellos parajes de mitotes y pleitos. Ondulaba bajo los
faroles de colores la plebe cobriza, abierta en regueros,
remansada frente a bochinches y pulperías. Las figuras
se unificaban en una síntesis expresiva y monótona, ener-
vadas en la crueldad cromática de las baratijas fulleras.
Los bailes, las músicas, las cuerdas de farolillos, tenían
una exasperación absurda, un enrabiamiento de quimera
alucinante. Zacarías, abismado en rencorosa y taciturna
tiniebla, sentía los aleteos del pensamiento, insistente, monótono, trasmudando su pueril paralelismo:

—¡Señor Peredita, corrés de mi cargo! ¡Corrés de mi
cargo, Señor Peredita!

VII

Iluminaba la calle un farol con el rótulo de la tienda
en los vidrios: "Empeñitos de Don Quintín". El tercer vidrio estaba rajado, y no podía leerse. Las percalinas rojas
y gualdas de la bandera española decoraban la puerta:
"Empeñitos de Don Quintín". Dentro, una lámpara con

enagüillas verdes alumbraba el mostrador. El empeñista acariciaba su gato, un maltés vejete y rubiales, que trascendía el absurdo de parecerse a su dueño. El gato y el empeñista miraron a la puerta, desdoblando el mismo gesto de alarma. El gato, arqueándose sobre las rodillas del gachupín, posaba el terciopelo de sus guantes en dos simétricos remiendos de tela nueva. El Señor Peredita llevaba manguitos, tenía la pluma en la oreja y sobre la misma querencia el seboso gorrete, que años pasados la niña bordó en el colegio:

—¡Buenas noches, patrón!

Zacarías el Cruzado —poncho y chupalla, botas de potro y espuelas— encorvándose sobre el borrén, adelantaba por la puerta medio caballo. El honrado gachupín le miró con cicatera suspicacia:

—¿Qué se ofrece?

—Una palabrita.

—Ata el guaco en la puerta.

—No tiene doma, patrón.

El Señor Peredita pasó fuera del mostrador:

—¡Veamos qué conveniencia traes!

—¡Conocernos, patrón! Es usted muy notorio por mis pagos. ¡Conocernos! Sólo a ese negocio he acudido a la feria, Señor Peredita.

—Tú has jalado más de la cuenta, y es una sinvergüenzada venir a faltar a un hombre provecto. Camínate no más, antes que con una voz llame al vigilante.

—Señor Peredita, no se sobresalte. Tengo que recobrar una alhajita.

—¿Traes el comprobante?

—¡Véalo no más!

El Cruzado, metiendo la montura en el portal, ponía sobre el mostrador el saco manchado y mojado de sangre. Se espantó el gachupín:

—¡Estás briago! Jaláis más de la cuenta, y luego venís

a faltar en los establecimientos. Toma el saquete y camínate, luego luego.

El Cruzado casi tocaba en la viguería con la cabeza: Le quedaba en sombra la figura desde el pecho a la cara, en tanto que las manos y el borrén de la silla destacaban bajo la luz del mostrador:

—Señor Peredita, ¿pues no habés pedido el comprobante?

—¡No me friegues!

—Abra usted el saco.

—Camínate y déjame de tus macanas.

El Cruzado fraseó con torva insistencia, apagada la voz en un silo de cólera mansa:

—Patrón, usted abre no más, y se entera.

—Poco me importa. Chivo o marrano, con tu pan te lo comas.

El gachupín se encogió viendo caérsele encima la sombra del Cruzado:

—¡Señor Peredita, buscás abrir el saco con los dientes!

—Roto, no me traigas un pleito de gaucho malo. Si deseas algún servicio de mi parte, vuelves cuando te halles más despejado.

—Patrón, mero mero liquidamos. ¿Recordás de la chinita que dejó una tumbaga en nueve bolivianos?

El honrado gachupín se aleló, capcioso:

—No recuerdo. Tendría que repasar los libros. ¿Nueve bolivianos? No valdría más. Las tasas de mi establecimiento son las más altas.

—¡Quier decirse que aún los hay más ladrones! Pero no he venido sobre ese tanto. Usted, patrón, ha presentado denuncia contra la chinita.

Gritó el gachupín con guiño perlático:

—¡No puedo recordar todas las operaciones! ¡Vete no más! ¡Vuelve cuando te halles fresco! ¡Se verá si puede mejorarse la tasa!

—Este asunto lo ultimamos luego luego. Patroncito, habés denunciado a la chinita y vamos a explicarnos.

—Vuelve cuando estés menos briago.

—Patroncito, somos mortales, y a lo pior tenés la vida menos segura que la luz de ese candil. Patroncito, ¿quién ha puesto a la chinita en galera? ¿No habés visto el ranchito vacío? ¡Ya lo verés! ¿No habés abierto el saco? ¡Ándele, Señor Peredita, y no se dilate!

—Tendrá que ser, pues eres un alcohólico obstinado.

El honrado gachupín comenzó a desatar el saco: Tenía el viejales un gesto indiferente. A la verdad, no le importaba que fuese chivo o marrano lo que guardase. Se transmudó con una espantada al descubrir la yerta y mordida cabeza del niño:

—¡Un crimen! ¿Me buscas para la encubierta? ¡Vete y no me traigas mal tercio! ¡Vete! ¡No diré nada! ¡So chingado, no me comprometas! ¿Qué puedes ofrecerme? ¡Un puñado de plata! ¡So chingado, un hombre de mi posición no se compromete por un puñado de plata!

Habló Zacarías, remansada la voz en abismos de cólera:

—Ese cuerpo es el de mi chamaco. La denuncia cabrona le puso a la mamasita en la galera. ¡Me lo han dejado solo para que se lo comiesen los chanchos!

—Es absurdo que me vengas a mí con esa factura de cargos. ¡Un espectáculo horrible! ¡Una desgracia! ¡Quintín Pereda es ajeno a ese resultado. Te devolveré la tumbaguita. No hago cuenta de los bolivianos. ¡Quiere decirse que te beneficias con mi plata! Recoge esos restos. Dales sepultura. Comprendo que, bebiendo, hayas buscado consolarte. Vete. La tumbaguita pasas mañana a recogerla. Dale sepultura sagrada a esos restos.

—¡Don Quintinito cabrón, vas vos acompañarme!

VIII

El Cruzado, con súbita violencia, rebota la montura, y el lazo de la reata cae sobre el cuello del espantado gachupín, que se desbarata abriendo los brazos. Fue un dislocarse atorbellinado de las figuras, al revolverse del guaco: Un desgarre simultáneo. Zacarías, en alborotada corveta, atropella y se mete por la calle, llevándose a rastras el cuerpo del gachupín: Lostregan las herraduras y trompica el pelele, ahorcado al extremo de la reata. El jinete, tendido sobre el borrén, con las espuelas en los ijares del caballo, sentía en la tensa reata el tirón del cuerpo que rebota en los guijarros. Y consuela su estoica tristeza indiana Zacarías el Cruzado.

LIBRO SÉPTIMO

NIGROMANCIA

I

Están prontos los caballos para la fuga en el rancho de Ticomaipú. El Coronelito de la Gándara cena con Niño Filomeno. Sobre los términos de la colación, manda llamar a sus hijos el ranchero. Niña Laurita, con reservada tristeza, sale a buscarlos, y acude, brincante, la muchachada, sin atender a la madre, que asombra el gesto con un dedo en los labios. El patrón también sentía cubierta su fortaleza con una nube de duelo: Tenía los ojos en los manteles: No miraba ni a la mujer ni a los hijos: Recobrándose, levantó la frente con austera entereza.

II

Los chamacos, en el círculo de la lámpara, repentinamente mudos, sentían el aura de una adivinación telepática:
—Hijos, he trabajado para dejaros alguna hacienda y quitaros de los caminos de la pobreza: Yo los he caminado, y no los quisiera para ustedes. Hasta hoy, ésta ha sido

la directriz de mi vida, y vean cómo hoy he mudado de pensamiento. Mi padre no me dejó riqueza, pero me dejó un nombre tan honrado como el primero, y esta herencia quiero yo dejarles. Espero que ustedes la tendrán en mayor aprecio que todo el oro del mundo, y si así no fuese, me ocasionarían un gran sonrojo.

Se oyó el gemido de la niña ranchera:

—¡Siempre nos dejas, Filomeno!

El patrón, con el gesto apagó la pregunta. La rueda de sus hijos en torno de la mesa tenía un brillo emocionado en los ojos, pero no lloraba:

—A vuestra mamasita pido que tenga ánimo para escuchar lo que me falta. He creído hasta hoy que podía ser un buen ciudadano, trabajando por acrecentarles la hacienda, sin sacrificar cosa ninguna al servicio de la Patria. Pero hoy me acusa mi conciencia, y no quiero avergonzarme mañana, ni que ustedes se avergüencen de su padre.

Sollozó la niña ranchera:

—¡Desde ya te pasas a la bola revolucionaria!

—Con este compañero.

El Coronelito de la Gándara se levantó, alardoso, tendiéndole los brazos:

—¡Eres un patricio espartano, y no me rajo!

Suspiraba la ranchera:

—¿Y si hallas la muerte, Filomeno?

—Tú cuidarás de educar a los chamacos y de recordarles que su padre murió por la Patria.

La mujer presentía imágenes tumultuosas de la revolución. Muertes, incendios, suplicios y, remota, como una divinidad implacable, la momia del Tirano.

III

Ante la reja nocturna, fragante de albahacón, refrenaba su parejeño Zacarías el Cruzado: Aparecióse en súbita galopada, sobresaltando la nocharniega campaña:

—¡Vuelo, vuelo, mi Coronelito! La chinita fue delatada. Ya la pagó el fregado gachupín. ¡Vuelo, vuelo!

Zacarías refrenaba el caballo, y la oscura expresión del semblante y el sofoco de la voz metía, afanoso, por los hierros. En la sala, todas las figuras se movieron unánimes hacia la reja. Interrogó el Coronelito:

—¿Pues qué se pasó?

—La tormentona más negra de mi vida. ¡De estrella pendeja fueron los brillos de la tumbaguita! ¡Vuelo, vuelo, que traigo perro sobre los rastros, mi Coronelito!

IV

La niña ranchera abraza al marido, en el fondo de la sala, y lloriquea la tropa de chamacos, encadillándose a la falda de la madre. Hipando su grito, irrumpe por una puerta la abuela carcamana:

—¿Perché questa follia? Se il Filomeno trova fortuna nella rivoluzione potrá diventar un Garibaldi. ¡Non mi spaventar i bambini!

El Cruzado miraba por los hierros, la figura toda en sombra. El ojo enorme del caballo recibía por veces una luz en el juego de las siluetas que accionaban cortando el círculo del candil. Zacarías aún terciaba sobre la silla el saco con el niño muerto. En la sala, el grupo familiar rodeaba al patrón. La madre, uno por uno, levantaba a los hijos, pasándoles a los brazos del padre. Consideró Zacarías, con dejo apagado:

—¡Son pidazos del corazón!

V

Chino Viejo acercó los caballos, y los ecos de la galopada rodaron por la nocturna campaña. Zacarías, en el primer sofreno, al meterse por un vado, apareó su montura con la del Coronelito:

—¡Se chinga Banderitas! Tenemos un auxiliar muy grande. ¡Aquí va conmigo!

El Coronelito, le miró, sospechándole borracho:

—¿Qué dices, manís?

—La reliquia de mi chamaco. Una carnicería que los chanchos me han dejado. Va en este alforjín.

El Coronel le tendió la mano:

—Me ocasiona un verdadero sentimiento, Zacarías. ¿Y cómo no has dado sepultura a esos restos?

—A su hora.

—No me parece bien.

—Esta reliquia nos sirve de salvoconducto.

—¡Es una creencia rutinaria!

—¡Mi jefecito, que lo cuente el chingado gachupín!

—¿Qué has hecho?

—Guindarlo. No pedía menos satisfacción esta carnicería de mi chamaco.

—Hay que darle sepultura.

—Cuando estemos a salvo.

—¡Y parecía muy vivo el cabroncito!

—¡Cuanti menos para su padre!

QUINTA PARTE

SANTA MÓNICA

LIBRO PRIMERO

BOLETO DE SOMBRA

I

El Fuerte de Santa Mónica, que en las luchas revolucionarias sirvió tantas veces como prisión de reos políticos, tenía una pavorosa leyenda de aguas emponzoñadas, mazmorras con reptiles, cadenas, garfios y cepos de tormento. Estas fábulas, que datan de la dominación española, habían ganado mucho valimiento en la tiranía del General Santos Banderas. Todas las tardes en el foso del baluarte, cuando las cornetas tocaban fajina, era pasada por las armas alguna cuerda de revolucionarios. Se fusilaba sin otro proceso que una orden secreta del Tirano.

II

Nachito y el estudiante traspasaron la poterna, entre la escolta de soldados. El Alcaide los acogió sin otro trámite que el parte verbal depuesto por un sargento, y enviado desde la cantina por el Mayor del Valle. Al cruzar la poterna, los dos esposados alzaron la cabeza para hundir

una larga mirada en el azul remoto y luminoso del cielo.
El Alcaide de Santa Mónica, Coronel Irineo Castañón,
aparece en las relaciones de aquel tiempo como uno de
los más crueles sicarios de la Tiranía: Era un viejo sanguinario y potroso que fumaba en cachimba y arrastraba
una pata de palo. Con la bragueta desabrochada, jocoso
y cruel, dio entrada a los dos prisioneros:

—¡Me felicito de recibir a una gente tan seleccionada!

Nachito acogió el sarcasmo con falsa risa de dientes,
y quiso explicarse:

—Se padece una ofuscación, mi Coronelito.

El Coronel Irineo Castañón vaciaba la cachimba golpeando sobre la pata de palo:

—A mí en eso ninguna cosa me va. Los procesos, si hay
lugar, los instruye el Licenciadito Carballeda. Ahora,
como aún se trata de una simple detención, van a tener
por suyo todo el recinto murado.

Agradeció Nachito con otra sonrisa cumplimentera y
acabó moqueando:

—¡Es un puro sonambulismo este fregado.

El Cabo de Vara, en el sombrizo de la puerta, hacía
sonar la pretina de sus llaves: Era mulato, muy escueto,
con automatismo de fantoche: Se cubría con un chafado
quepis francés, llevaba pantalones colorados de uniforme, y guayabera rabona muy sudada: Los zapatos de charol, viejos y tilingos, traía picados en los juanetes. El Alcaide le advirtió jovial:

—Don Trini, a estos dos flautistas vea de suministarles
boleto de preferencia.

—No habrá queja. Si vienen provisorios, se les dará luneta de muralla.

Don Trini, cumplida la fórmula del cacheo, condujo a
los presos por un bovedizo con fusiles en armario: Al final,
abrió una reja y los soltó entre murallas:

—Pueden pasearse a su gusto.

Nachito, siempre cumplimentero y servil, rasgó la boca:

—Muchísimas gracias, Don Trini.

Don Trini, con absoluta indiferencia, batió la reja, haciendo rechinar cerrojos y llaves: Gritó, alejándose:

—Hay cantina, si algo desean y quieren pagarlo.

III

Nachito, suspirando, leía en el muro los grafitos carcelarios decorados con fálicos trofeos. Tras de Nachito, el taciturno estudiante liaba el cigarro: Tenía en los ojos una chispa burlona, y en la boca prieta, color de moras, un rictus de compasión altanera. Esparcidos y solitarios paseaban algunos presos. Se oía el hervidero de las olas, como si estuviesen socavando el cimiento. Las ortigas lozaneaban en los rincones sombríos, y en la azul transparencia aleteaba una bandada de zopilotes, pájaros negros. Nachito, finchándose en el pando compás de las zancas, miró con reproche al estudiante:

—Ese mutismo es impropio para dar ánimos al compañero, y hasta puede ser una falta de generosidad. ¿Cómo es su gracia, amigo?

—Marco Aurelio.

—¡Marquito, qué será de nosotros!

—¡Pues y quién sabe!

—¡Esto impone! ¡Se oye el farollón de las olas!... Parece que estamos en un barco.

El Fuerte de Santa Mónica, castillote teatral con defensas del tiempo de los virreyes, erguíase sobre los arrecifes de la costa, frente al vasto mar ecuatorial, caliginoso de ciclones y calmas. En la barbacana, algunos morteros antiguos, roídos de lepra por el salitre, se alineaban moteados con las camisas de los presos tendidas a secar: Un viejo, sentado sobre el cantil frente al mar inmenso, ponía remiendos a la frazada de su camastro. En el más erguido baluarte cazaba lagartijas un gato, y pelotones de soldados hacían ejercicios en Punta Serpientes.

IV

Hilo de la muralla, la curva espumosa de las olas balanceaba una ringla de cadáveres. Vientres inflados, livideces tumefactas. Algunos prisioneros, con grito de motín, trepaban al baluarte. Las olas mecían los cadáveres ciñéndolos al costado de la muralla, y el cielo alto, llameante, cobijaba un astroso vuelo de zopilotes, en la cruel indiferencia de su turquesa. El preso que ponía remiendos en la frazada de su camastro quebró el hilo, y con la hebra en el bezo murmuró leperón y sarcástico:

—¡Los chingados tiburones ya se aburren de tanta carne revolucionaria, y todavía no se satisface el cabrón Banderas! ¡Puta madre!

El rostro de cordobán, burilado de arrugas, tenía un gesto estoico: La rasura de la barba, crecida y cenicienta, daba a su natural adusto un cierto aire funerario. Nachito y Marco Aurelio caminaron inciertos, como viajeros extraviados: Nachito, si algún preso cruzaba por su vera, apartábase solícito y abría paso con una sonrisa amistosa. Llegaron al baluarte y se asomaron a mirar el mar alegre de luces mañaneras, nigromántico con la fúnebre ringla balanceándose en las verdosas espumas de la resaca. Entre los presos que coronaban el baluarte acrecía la zaloma de motín con airados gestos y erguir de brazos. Nachito se aleló de espanto:

—¿Son náufragos?

El viejo de la frazada le miró despreciándole:

—Son los compañeros recién ultimados en Foso-Palmitos.

Interrogó el estudiante:

—¿No se les enterraba?

—¡Qué va! Se les tiraba al mar. Pero visto cómo a los tiburones ya les estomaga la carne revolucionaria, tendrán que darnos tierra a los que estamos esperando vez.

Tenía una risa rabiosa y amarga. Nachito cerró los ojos:

—¿Es de muerte su sentencia, mi viejo?

—¿Pues conoce otra penalidad más clemente el Tigre de Zamalpoa? ¡De muerte! ¡Y no me arrugo ni me rajo! ¡Abajo el Tirano!

Los prisioneros, encaramados en el baluarte, hundían las miradas en los disipados verdes que formaba la resaca entre los contrafuertes de la muralla. El grupo tenía una frenética palpitación, una brama, un clamoreo de denuestos. El Doctor Alfredo Sánchez Ocaña, poeta y libelista, famoso tribuno revolucionario, se encrespó con el brazo tendido en arenga, bajo la mirada retinta del centinela que paseaba en la poterna con el fusil terciado:

—¡Héroes de la libertad! ¡Mártires de la más noble causa! ¡Vuestros nombres escritos con letras de oro, fulgirán en las páginas de nuestra Historia! ¡Hermanos, los que van a morir os rinden un saludo y os presentan armas!

Se arrancó el jipi con un gran gesto, y todos le imitaron. El centinela amartilló el fusil:

—¡Atrás! No hay orden para demorar en el baluarte.

Le apostrofó el Doctor Sánchez Ocaña:

—¡Vil esclavo!

Una barca tripulada por carabineros de mar, arriando vela, maniobraba para recoger los cadáveres. Embarcó siete. Y como los prisioneros en creciente motín no desalojaban el baluarte, salió la guardia y sonaron cornetas.

V

Nachito, tomado de alferecía, se agarraba al brazo del estudiante:

—¡Nos hemos fregado!

El viejo de la manta le miró despacio, el belfo mecido por una risa de cabrío:

—No merita tanto atribulo esta vida pendeja

Nachito ahiló la voz en el hipo de un sollozo:

—¡Muy triste morir inocente! ¡Me condenan las apariencias!

Y el viejo, con burlona mueca de escarnio, seguía martillando:

—¿No sos revolucionario? Pues sin merecerlo vas vos a tener el fin de los hombres honrados.

Nachito, relajándose en una congoja, tendía los ojos suplicantes al preso, que, con el ceño fruncido y la manta tendida sobre las piernas, se había puesto a estudiar la geometría de un remiendo. Nachito intentó congraciarse la voluntad de aquel viejo de cordobán: El azar los reunía bajo la higuera, en un rincón del patio:

—Nunca he sido simpatizante con el ideario de la revolución, y lo deploro; comprendo que son ustedes héroes con un puesto en la Historia: Mártires de la Idea. ¡Sabe amigo, que habla muy lindo el Doctor Sánchez Ocaña!

Hízole coro el estudiante, con sombrío apasionamiento:

—En el campo revolucionario militan las mejores cabezas de la República.

Aduló Nachito:

—¡Las mejores!

Y el viejo de la frazada, lentamente, mientras enhebra, desdeñoso y arisco comentaba:

—Pues, manifiestamente, para enterarse no hay cosa

como visitar Santa Mónica. A lo que se colige, el chamaco tampoco es revolucionario.

Declaró Marco Aurelio con firmeza:

—Y me arrepiento de no haberlo sido, y lo seré, si alguna vez me veo fuera de estos muros.

El viejo, anudando la hebra, reía con su risa de cabra:

—De buenos propósitos está empedrado el Infierno.

Marco Aurelio miró al viejo conspirador y juzgó tan cuerdas sus palabras, que no sintió el ultraje: Le sonaban como algo lógico e irremediable en aquella cárcel de reos políticos orgullosos de morir.

VI

El tumbo del mar batía la muralla, y el oboe de las olas cantaba el triunfo de la muerte. Los pájaros negros hacían círculos en el remoto azul, y sobre el losado del patio se pintaba la sombra fugitiva del aleteo. Marco Aurelio sentía la humillación de su vivir, arremansado en la falda materna, absurdo, inconsciente como las actitudes de esos muñecos olvidados tras de los juegos: Como un oprobio remordíale su indiferencia política. Aquellos muros, cárcel de exaltados revolucionarios, le atribulaban y acrecían el sentimiento mezquino de su vida, infantilizada entre ternuras familiares y estudios pedantes, con premios en las aulas. Confuso atendía al viejo que entraba y sacaba la aguja de lezna:

—¿Venís vos a la sombra por incidencia justificada, o por espiar lo que se conversa? Eso, amigo, es bueno ponerlo en claro. Recorra las cuadras y vea si encuentra algún fiador. ¿No dice que es estudiante? Pues aquí no faltan universitarios. Si quiere tener amigos en esta mazmorra, busque modo de justificarse. Los revolucionarios platónicos merecen poca confianza.

El estudiante había palidecido intensamente. Nachito, con ojos de perro, imploraba clemencia:

—A mí también me tenía horrorizado Tirano Banderas: ¡Muy por demás sanguinario! Pero no era fácil romper la cadena. Yo para bolinas no valgo, ¿y adónde iba que me recibiesen si soy inútil para ganarme los fríjoles? El Generalito me daba un hueso que roer y se divertía choteándome. En el fondo parecía apreciarme. ¿Que está mal, que soy un pendejo, que aquello era por demás, que tiene sus fueros la dignidad humana? Corriente. Pero hay que reflexionar lo que es un hombre privado de albedrío por ley de herencia. ¡Mi papá, un alcohólico! ¡Mi mamá, con desvarío histérico! El Generalito, a pesar de sus escarnios, se divertía oyéndome decir jangadas. No me faltaban envidiosos. ¡Y ahora caer de tan alto!

Marco Aurelio y el viejo conspirador oían callados y por veces se miraban. Concluyó el viejo:

—¡Hay sujetos más ruines que putas!

Se ahogaba Nachito:

—¡Todo acabó! El último escarnio supera la raya. Nunca llegó a tanto. Divertirse fusilando a un desgraciado huérfano, es propio de Nerón. Marquito, y usted, amigo, yo les agradecería que luego me ultimasen. Sufro demasiado. ¡Qué me vale vivir unas horas, si todo el gusto me lo mata este chingado sobresalto! Conozco mi fin, tuve un aviso de las ánimas. Porque en este fregado ilusorio andan las Benditas. Marquito, dame cachete, indúltame de este suplicio nervioso. Hago renuncia de la vida por anticipado. Vos, mi viejo, ¿qué haces que no me sangrás con esa lezna remendona? Mero mero, pasáme las entretelas. Amigos, ¿qué dicen? Si temen complicaciones, háganme el servicio de consolarme de alguna manera.

VII

El planto pusilánime y versátil de aquel badulaque aparejaba un gesto ambiguo de compasión y desdén en la cara funeraria del viejo conspirador y en la insomne palidez del estudiante. La mengua de aquel bufón en desgracia tenía cierta solemnidad grotesca, como los entierros de mojiganga con que fina el antruejo. Los zopilotes abatían sus alas tiñosas sobre la higuera.

LIBRO SEGUNDO

EL NÚMERO TRES

I

El calabozo número tres era una cuadra con altas luces enrejadas, mal oliente de alcohol, sudor y tabaco. Colgaban en calle, a uno y otro lateral, las hamacas de los presos, reos políticos en su mayor cuento, sin que faltasen en aquel rancho el ladrón encanecido, ni el idiota sanguinario, ni el rufo valiente, ni el hipócrita desalmado. Por hacerles a los políticos más atribulada la cárcel, les befaba con estas compañías, el de la pata de palo, Coronel Irineo Castañón. La luz polvorienta y alta de las rejas resbalaba por la cal sucia de los muros, y la expresión macilenta de los encarcelados hallaba una suprema valoración en aquella luz árida y desolada. El Doctor Sánchez Ocaña, declamatorio, verboso, con el puño de la camisa fuera de la manga, el brazo siempre en tribuno arrebato, engolaba elocuentes apóstrofes contra la tiranía:

—El funesto fénix del absolutismo colonial renace de sus cenizas aventadas a los cuatro vientos, concitando las sombras y los manes de los augustos libertadores. Augustos, sí, y el ejemplo de sus vidas debe servirnos de luminar en estas horas, que acaso son las últimas que nos resta de vivir. El mar devuelve a la tierra sus héroes, los voraces monstruos de las azules minas se muestran más piadosos que el General Santos Banderas... Nuestros ojos...

Se interrumpía. Llegaba por el corredor la pata de palo. El Alcaide cruzó fumando en cachimba, y poco a poco extinguióse el alerta de su paso cojitranco.

II

Un preso, que leía tendido en su hamaca, sacó a luz, de nuevo, el libro que había ocultado. De la hamaca vecina le interrogó la sombra de Don Roque Cepeda:

—¿Siempre con las *Evasiones Célebres?*

—Hay que estudiar los clásicos.

—¡Mucho le intriga esa lectura! ¿Sueña usted con evadirse?

—¡Pues quién sabe!

—¡Ya estaría bueno podérsela jugar al Coronelito Pata de Palo!

Cerró el libro con un suspiro el que leía:

—No hay que pensarlo. Posiblemente, a usted y a mí nos fusilan esta tarde.

Denegó con ardiente convicción Don Roque:

—A usted, no sé... Pero yo estoy seguro de ver el triunfo de la Revolución. Acaso más tarde me cueste la vida. Acaso. Se cumple siempre el Destino.

—Indudablemente. ¿Pero usted conoce su destino?

—Mi fin no está en Santa Mónica. Tengo encima el medio siglo, aún no hice nada, he sido un soñador, y forzosamente debo regenerarme actuando en la vida del pueblo, y moriré después de haberle regenerado.

Hablaba con esa luz fervorosa de los agonizantes, confortados por la fe de una vida futura, cuando reciben la

Eucaristía. Su cabeza tostada de santo campesino erguíase sobre la almohada como en una resurrección, y todo el bulto de su figura exprimíase bajo el sabanil como bajo un sudario. El otro prisionero le miró con amistosa expresión de burla y duda:

—¡Quisiera tener su fe, Don Roque! Pero me temo que nos fusilen juntos en Foso-Palmitos.

—Mi destino es otro. Y usted déjese de cavilaciones lúgubres y siga soñando con evadirse.

—Somos muy opuestos. Usted, pasivamente, espera que una fuerza desconocida le abra las rejas. Yo hago planes para fugarme y trabajo en ello sin echar de la imaginación el presentimiento de mi fin próximo. A lo más hondo esta idea me trabaja, y solamente por no capitular sigo al acecho de una ocasión que no espero.

—El Destino se vence, si para combatirle sabemos reunir nuestras fuerzas espirituales. En nosotros existen fuerzas latentes, potencialidades que desconocemos. Para el estado de conciencia en que usted se halla, yo le recomendaría otra lectura más espiritual que esas *Evasiones Célebres.* Voy a procurarle *El Sendero Teosófico:* Le abrirá horizontes desconocidos.

—Recién le platicaba que somos muy opuestos. Las complejidades de sus autores me dejan frío. Será que no tengo espíritu religioso. Eso debe ser. Para mí todo acaba en Foso-Palmitos.

—Pues reconociéndose tan carente de espíritu religioso, usted será siempre un revolucionario muy mediocre. Hay que considerar la vida como una simiente sagrada que se nos da para que la hagamos fructificar en beneficio de todos los hombres. El revolucionario es un vidente.

—Hasta ahí llego.

—¿Y de quién recibimos esta existencia que tiene un sentido determinado? ¿Quién la sella con esa obligación? ¿Podemos impunemente traicionarla? ¿Concibe usted que no haya una sanción?

—¿Después de la muerte?

—Después de la muerte.

—Esas preguntas, yo me abstengo de resolverlas.

—Acaso porque no se las formula con bastante ahínco.

—Acaso.

—¿Y el enigma, tampoco le anonada?

—Procuro olvidarlo.

—¿Y puede?

—He podido.

—¿Y al presente?

—La cárcel siempre es contagiosa... Y si continúa usted platicándome como lo hace, acabará por hacerme rezar un Credo.

—Si le enoja dejaré el tema.

—Don Roque, sus enseñanzas no pueden serme sino muy gratas. Pero entre flores tan doctas me ha puesto usted un rejón que aún me escuece. ¿Por qué juzga que mi actuación revolucionaria será siempre mediocre? ¿Qué relaciones establece usted entre la conciencia religiosa y los ideales políticos?

—¡Mi viejo, son la misma cosa!

—¿La misma cosa? Podrá ser. Yo no lo veo.

—Hágase usted más meditativo y comprenderá muchas verdades que sólo así le serán reveladas.

—Cada persona es un mundo, y nosotros dos somos muy diversos. Don Roque, usted vuela muy remontado, y yo camino por los suelos; pero el calificativo que me ha puesto de mediocre revolucionario es una ofuscación que usted padece. La religión es ajena a nuestras luchas políticas.

—A ninguno de nuestros actos puede ser ajena la intuición de eternidad. Solamente los hombres que alumbran todos sus pasos con esa antorcha logran el culto de la Historia. La intuición de eternidad trascendida es la conciencia religiosa: Y en nuestro ideario, la piedra angular, la redención del indio, es un sentimiento fundamentalmente cristiano.

—Libertad, Igualdad, Fraternidad, me parece que fueron los tópicos de la Revolución Francesa. Don Roque, somos muy buenos amigos, pero sin poder entendernos. ¿No predicó el ateísmo la Revolución Francesa? Marat, Dantón, Robespierre...

—Espíritus profundamente religiosos, aun cuando lo ignorasen algunas veces.

—¡Santa ignorancia! Don Roque, concédame usted esa categoría para sacarme el rejón que me ha puesto.

—No me guarde rencor, se la concedo.

Se dieron la mano, y par a par en las hamacas, quedaron un buen espacio silenciosos. En el fondo de la cuadra, entre un grupo de prisioneros, seguía perorando el Doctor Sánchez Ocaña. El gárrulo fluir de tropos y metáforas resaltaba su frío amaneramiento en el ambiente pesado de sudor, aguardiente y tabaco del calabozo número tres.

III

Don Roque Cepeda convocaba en torno de su hamaca un grupo atento a las lecciones de ilusionada esperanza que vertía con apagado murmullo y clara sonrisa seráfica. Don Roque era profundamente religioso, con una religión forjada de intuiciones místicas y máximas indostánicas: Vivía en un pasmo ardiente, y su peregrinación por los caminos del mundo se le aparecía colmada de obligaciones arcanas, ineludibles como las órbitas estelares: Adepto de las doctrinas teosóficas, buscaba en la última hondura de su conciencia un enlace con la conciencia del Universo: La responsabilidad eterna de las acciones humanas le asombraba con el vasto soplo de un aliento divino. Para Don Roque, los hombres eran ángeles desterrados: Reos de un crimen celeste, indultaban su culpa teologal por los caminos del tiempo, que son los caminos del mundo. Las humanas vidas con todos sus pasos, con todas sus horas, promovían resonancias eternas que sellaba la muerte con un círculo de infinitas responsabilidades. Las almas, al despojarse de la envoltura terrenal, actuaban su pasado mundano en límpida y hermética visión de conciencias puras. Y este círculo de eterna contemplación —gozoso o doloroso— era el fin inmóvil de los destinos humanos y la redención del ángel en destierro. La peregrinación por el limo de las formas, sellaba un número sagrado. Cada vida, la más humilde, era creadora de un mundo, y al pasar bajo el arco de la muerte, la conciencia cíclica de esta creación se posesionaba del alma, y el alma, prisionera en su centro, devenía contemplativa y estática. Don Roque era varón de muy varias y desconcertantes lecturas, que por el sendero teosófico lindaban con la cábala, el ocultismo y la filosofía alejandrina. Andaba sobre los cincuenta años. Las cejas, muy negras, ponían un trazo de austera energía bajo la frente ancha, pulida calva de santo románico. El cuerpo mostraba la firme estructura del esqueleto, la fortaleza dramática del olivo y de la vid. Su predicación revolucionaria tenía una luz de sendero matinal y sagrado.

LIBRO TERCERO

CARCELERAS

I

Bajo la luz de una reja, hacían corro jugando a los naipes hasta ocho o diez prisioneros. Chucho el Roto, tiraba la carta: Era un bigardo famoso por muchos robos cuatreros, plagios de ricos hacendados, asaltos de diligencias, crímenes, desacatos, estropicios, majezas, amores y celos sangrientos. Tiraba despacio: Tenía las manos enjutas, la mejilla con la cicatriz de un tajo y una mella de tres dientes. En el juego de albures hacían rueda presos de muy distinta condición: Apuntaban en el mismo naipe charros y doctores, guerrilleros y rondines. Nachito Veguillas estaba presente: Aún no jugaba, pero ponía el ojo en la pinta y con una mano en el bolso se tanteaba la plata. Vino una sota y comentó, arrobándose:

—¡No falla ninguna!

Volvióse y tributó una sonrisa al caviloso jugador vecino, que permaneció indiferente: Era un espectro vestido con fláccido saco de dril que le colgaba como de una escarpia. Nachito recaló su atención a la baraja: Con súbito impulso sacó la mano con un puñado de soles, y los echó sobre la pulgona frazada que en las cárceles hace las veces del tapete verde:

—Van diez soles en el pendejo monarca.

Advirtió el Roto:

—Ha doblado.

—Mata la pinta.

—¡Va!

El Roto corrió la puerta y vino de patas el rey de bastos. Nachito, ilusionado con la ganancia, cobró y de lleno metióse en los albures. Por veces se levantaba un borrascón de voces, disputando algún lance. Nachito tenía siempre el santo de cara, y viéndole ganar, el caviloso espectro hepático le pagó la remota sonrisa dirigiéndole un gesto fláccido de mala fortuna. Nachito, con una mirada, le entregó su atribulado corazón:

—En nuestra lamentosa situación, ganar o perder no hace diferencia. Foso-Palmitos a todos iguala.

El otro denegó con su gesto fláccido y amarillo de vejiga desinflándose:

—Mientras hay vida, la plata es un factor muy importante. ¡Hay que considerarlo así!

Nachito suspiró:

—A un reo de muerte, ¿qué consuelo puede darle la plata?

—Cuando menos, éste del juego para poder olvidarse... La plata, hasta el último momento, es un factor indispensable.

—¿Su sentencia también es de muerte, hermano?

—¡Pues y quién sabe!

—¿No se fusila a todos por igual?

—¡Pues y quién sabe!

—Me abre usted un rayo de luz. Voy a meter cincuenta soles en el entrés.

Nachito ganó la puesta, y el otro arrugó la cara con su gesto fláccido:

—¿Y le sopla siempre la misma racha?

—No me quejo.

—¿Quiere que hagamos una fragata de cinco soles? Usted los gobierna como le plazca.

—Cinco golpes.

—Como le plazca.

—Vamos en la sota.

—¿Le gusta esa carta?

—Es el juego.

—¡Quebrará!

—Pues en ella vamos.

El Roto tiraba lentamente, y corrida la pinta para que todos la viesen, quedábase un momento con la mano en alto. Vino la sota. Nachito cobró, y repartida en las dos manos la columna de soles, cuchicheó con el amarillo compadre:

—¿Qué le decía?

—¡Parece que las ve!

—Ahora nos toca en el siete.

—¿Pues qué juego lleva?

—Gusto y contragusto. Antes jugué la que me gustaba y ahora corresponde el siete, que no me incita ni me dice nada.

—Gusto y contragusto llama usted a ese juego. ¡Lo desconocía!

—Mero mero, acabo de descubrirlo.

—Ahora perdemos.

—Mire el siete en puerta.

—¡En los días de mi vida he visto suerte tan continuada!

—Vamos al tercer golpe en el caballo.

—¿Le gusta?

—Le estoy agradecido. ¡Ya hemos ganado! Debemos repartir.

—Vamos a darle los cinco golpes.

—Perdemos.

—O ganamos. La carta del gusto es el cinco, nos corresponde la del contragusto.

—¡Juego chocante! Reserve la mitad, amigo.

—No reservo nada. Ochenta soles lleva el tres.

—No sale.

—Alguna vez debe quebrar.

—Retírese.

Chucho el Roto, con un ojo en el naipe, medía la diferencia entre las dos cartas del albur. Silbó despectivo:

—Psss... Van igualadas.

Posando la baraja sobre la manta, se enjugó la frente con un vistoso pañuelo de seda. Percibiendo a los jugadores atentos, comenzó a tirar con una mueca de sorna y la cara torcida bajo la cicatriz. Vino el tres que jugaba Nachito. Palpitó a su lado el espectro:

—¡Hemos ganado!

Reclamó Nachito, batiendo con los nudillos en la manta:

—Ciento sesenta soles.

Chucho el Roto, al pagarle, le clavó los ojos con mofa procaz:

—Otro menos pendejo, con esa suerte, había desbancado. ¡Ni que un ángel se las soplase a la oreja!

Nachito, con gesto de bonachón asentimiento, apilaba el dinero y hacía sus gracias.

—¡Cuá! ¡Cuá!

Y murmuraba desabrido un titulado Capitán Viguri:

—¡Siempre la Virgen se les aparece a los pastores!

Y Nachito, al mismo tiempo, tenía en la oreja el soplo del hepático espectro:

—Debemos repartir.

Denegó Nachito con un frunce triste en la boca:

—Después del quinto golpe.

—Es una imprudencia.

—Si perdemos, por otro lado nos vendrá la compensación. ¿Quién sabe? ¡Hasta pudieran no fusilarnos!

Si ganamos es que tenemos la contraria en Foso-Palmitos.

—Déjese, amigo, de macanas, y no tiente la suerte.

—Vamos con la sota.

—Es una carta fregada.

—Pues moriremos en ella. Amigo tallador, ciento sesenta soles en la sota.

Respondió el Roto:

—¡Van!

Se almibaró Nachito:

—Muchas gracias.

Y repuso el tahúr, con su mueca leperona:

—¡Son las que me cuelgan!

Volvió la baraja, y apareció la sota en puerta, con lo cual movióse un murmullo entre los jugadores. Nachito estaba pálido y le temblaban las manos:

—Hubiera querido perder esta carta. ¡Ay, amigo, nos tiran la contraria en Foso-Palmitos!

Alentó el espectro con expresión mortecina:

—Por ahora vamos cobrando.

—Son ciento veintisiete soles por barba.

—¡La puerta nos ha chingado!

—Más debió chingarnos. En una situación tan lamentosa, es de muy mal augurio ganar en el juego.

—Pues déjele la plata al Roto.

—No es precisamente la contraria.

—¿Va usted a seguir jugando?

—¡Hasta perder! Sólo así podré tranquilizar mi ánimo.

—Pues yo voy a tomar el aire. Muchas gracias por su ayuda y reconózcame como un servidor: Bernardino Arias.

Se alejó. Nachito, con las manos trémulas, apilaba la plata. Le llenaba de terror angustioso el absurdo de aquel providencialismo maléfico, que, dándole tan obstinada ventura en el juego, le tenía decretada la muerte. Sentíase bajo el poder de fuerzas invisibles, las advertía en torno

suyo, hostiles y burlonas. Cogió un puñado de dinero y
lo puso a la primera carta que salió. Deseaba ganar y perder. Cerró los ojos para abrirlos en el mismo instante.
Chucho el Roto volvía la baraja, enseñaba la puerta, corría la pinta. Nachito se afligió. Ganaba otra vez. Se
disculpó con una sonrisa, sintiendo la mirada aviesa del
bandolero tahúr:

—¡Posiblemente esta tarde voy a ser ultimado!

II

Al otro rumbo del calabozo, algunos prisioneros escu-
chaban el relato fluido de eses y eles, que hacía un soldado tuerto: Hablaba monótonamente, sentado sobre los cal-
cañares, y contaba la derrota de las tropas revolucionarias
en Curopaitito. Echados sobre el suelo, atendían hasta
cinco presos:

—Pues de aquélla, yo aún andaba incorporado a la partida de Doroteo Rojas. Un servicio perro, sin soltar el fusil,
siempre mojados. Y el día más negro fue el 7 de julio: Íbamos atravesando un pantano, cuando empezó la balasera
de los federales: No los habíamos visto porque tiraban al
resguardo de los huisaches que hay a una mano y otra,
y no más salimos de aquel pantano por la Gracia Bendita. Dende que salimos, les contestamos con fuego muy
duro, y nos tiroteamos un chico rato, y otra vez, jala y
jala y jala, por aquellos llanos que no se les miraba fin...
Y un solazo que hacía arder las arenas, y ahí vamos jala
y jala y jala y jala. Escapábamos a paso de coyote, emba-
rrándonos en la tierra, y los federales se nos venían detrás. Y no más zumbaban las balas. Y nosotros jala y jala
y jala.

La voz del indio, fluida de eses y eles se inmovilizaba
sobre una sola nota. El Doctor Atle, famoso orador de

la secta revolucionaria, encarcelado desde hacía muchos meses, un hombre joven, la frente pálida, la cabellera romántica, incorporado en su hamaca, guardaba extraordinaria atención al relato. De tiempo en tiempo escribía alguna cosa en un cuaderno, y tornaba a escuchar. El indio se adormecía en su monótono sonsonete:

—Y jala y jala y jala. Todo el día caminamos al trote, hasta que al meterse el sol devisamos un ranchito quemado, y corrimos para agazaparnos. Pero no pudo ser. También nos echaron, y fuimos más adelante y nos agarramos al hocico de una noria. Y ahí está otra vez la balasera, pero fuerte y tupida como granizo. Y aquí caía una bala, y allá caía otra, y empezó a hervir la tierra. Los federales tenían ganas de acabarnos, y nos baleaban muy fuerte, y al poco rato no más se oía el esquitero, y el esquitero y el esquitero como cuando mi vieja me tostaba el maíz. El compañero que estaba junto a mí, no más se hacía para un lado y para otro: Motivado que le dije: No las atorees, manís, porque es peor. Hasta que le dieron un diablazo en la maceta, y allí se quedó mirando a las estrellas. Y fuimos al amanecer al pie de una sierra, donde no había ni agua ni maíz, ni cosa ninguna que comer.

Calló el indio. Los presos que formaban el grupo seguían fumando, sin hacer ningún comentario al relato, parecía que no hubiesen escuchado. El Doctor Atle repasaba el cuaderno de sus notas, y con el lápiz sobre el labio interrogó al soldado:

—¿Cómo te llamas?

—Indalecio.

—¿El apellido?

—Santana.

—¿De qué parte eres?

—Nací en la Hacienda de Chamulpo. Allí nací, pero todavía chamaco me trasladaron con una reata de peones a los Llanos de Zamalpoa. Cuando estalló la bola revolucionaria, desertamos todos los peones de las minas de un judas gachupín, y nos fuimos con Doroteo.

El Doctor Atle aún trazó algunas líneas en su cuaderno, y luego recostóse en la hamaca con los ojos cerrados y el lápiz sobre la boca, que sellaba un gesto amargo.

III

Conforme adelantaba el día, los rayos del sol, metiéndose por las altas rejas, sesgaban y triangulaban la cuadra del calabozo. En aquellas horas, el vaho de tabaco y catinga era de una crasitud pegajosa. Los más de los presos adormecían en sus hamacas, y al rebullirse alzaban una nube de moscas, que volvía a posarse apenas el bulto quedaba inerte. En corros silenciosos, otros prisioneros se repartían por los rumbos del calabozo, buscando los triángulos sin sol. Eran raras las pláticas, tenues, con un matiz de conformidad para las adversidades de la fortuna: Las almas presentían el fin de su peregrinación mundana, y este torturado pensamiento de todas las horas revestíalas de estoica serenidad. Las raras pláticas tenían un dejo de olvidada sonrisa, luz humorística de candiles que se apagan faltos de aceite. El pensamiento de la muerte había puesto en aquellos ojos, vueltos al mundo sobre el recuerdo de sus vidas pasadas, una visión indulgente y melancólica. La igualdad en el destino determinaba un igual acento en la diversidad de rostros y expresiones. Sentíanse alejados en una orilla remota, y la luz triangulada del calabozo realzaba en un módulo moderno y cubista la actitud macilenta de las figuras.

SEXTA PARTE

ALFAJORES Y VENENOS

LIBRO PRIMERO

LECCIÓN DE LOYOLA

I

El indio triste que divierte sus penas corriendo gallos, susurra por bochinches y conventillos justicias, crueldades, poderes mágicos de Niño Santos. El Dragón del Señor San Miguelito le descubría el misterio de las conjuras, le adoctrinaba. ¡Eran compadres! ¡Tenían pacto! ¡Generalito Banderas se proclamaba inmune para las balas por una firma de Satanás! Ante aquel poder tenebroso, invisible y en vela, la plebe cobriza revivía un terror teológico, una fatalidad religiosa poblada de espantos.

II

En San Martín de los Mostenses era el relevo de guardias, y el fámulo barbero enjabonaba la cara del Tirano. El Mayor del Valle, cuadrado militarmente, inmovilizábase en la puerta de la recámara. El Tirano, vuelto de espaldas, había oído el parte sin sorpresa, aparentando hallarse noticioso:

—Nuestro Licenciadito Veguillas es un alma cándida. ¡Está bueno el fregado! Mayor del Valle, merece usted una condecoración.

Era de mal agüero aquella sorna insidiosa. El Mayor presentía el enconado rumiar de la boca: Instintivamente cambió una mirada con los ayudantes, retirados en el fondo, dos lagartijos con brillantes uniformes, cordones y plumeros. La estancia era una celda grande y fresca, solada de un rojo polvoriento, con nidos de palomas en la viguería. Tirano Banderas se volvió con la máscara enjabonada. El Mayor permanecía en la puerta, cuadrado, con la mano en la sien: Había querido animarse con cuatro copas para rendir el parte y sentía una irrealidad angustiosa: Las figuras, cargadas de enajenamiento, indecisas, tenían una sensación embotada de irrealidad soñolienta. El Tirano le miró en silencio, remegiendo la boca: Luego, con un gesto, indicó al fámulo que continuase haciéndole la rasura. Don Cruz, el fámulo, era un negro de alambre, amacacado y vejete, con el crespo vellón griseante: Nacido en la esclavitud, tenía la mirada húmeda y deprimida de los perros castigados. Con quiebros tilingos se movía en torno del Tirano:

—¿Cómo están las navajas, mi jefecito?

—Para hacerle la barba a un muerto.

—¡Pues son las inglesas!

—Don Cruz, eso quiere decir que no están cumplidamente vaciadas.

—Mi jefecito, el solazo de estas campañas le ha puesto la piel muy delicada.

El Mayor se inmovilizaba en el saludo militar. Niño Santos, mirando de refilón el espejillo que tenía delante, veía proyectarse la puerta y una parte de la estancia con perspectiva desconcertada:

—Me aflige que se haya puesto fuera de ley el Coronel de la Gándara. ¡Siento de veras la pérdida del amigo, pues se arruina por su genio atropellado! Me hubiera sido grato indultarle, y la ha fregado nuestro Licenciadito. Es un sentimental, que no puede ver lástimas, merecedor de otra condecoración; una cruz pensionada. Mayor del Valle, pase usted orden de comparecencia para interrogar a esa alma cándida. Y el chamaco estudiante, ¿por qué motivación ha sido preso?

El Mayor del Valle, cuadrado en el umbral, procuró esclarecerlo:

—Presenta malos informes, y le complica la ventana abierta.

La voz tenía una modulación maquinal, desviada del instante, una tónica opaca. Tirano Banderas remegía la boca:

—Muy buena observación, visto que usted más tarde había de arrugarse frente al tejado. ¿De qué familia es el chamaco?

—Hijo del difunto Doctor Rosales.

—¿Y está suficientemente dilucidada su simpatía con el utopismo revolucionario? Convendría pedir un informe al Negociado de Policía. Cumplimente usted esa diligencia, Mayor del Valle. Teniente Morcillo, usted encárguese de tramitar las órdenes oportunas para la pronta captura del Coronel Domiciano de la Gándara. El Comandante de la Plaza que disponga la urgente salida de fuerzas con el objetivo de batir toda la zona. Hay que operar diligente. Al Coronelito, si hoy no lo cazamos, mañana lo tenemos en el campo insurrecto. Teniente Valdivia, entérese si hay mucha caravana para audiencia.

Terminada la rasura de la barba, el fámulo tilingo le ayudaba a revestirse el levitón de clérigo. Los ayudantes, con ritmo de autómatas alemanes, habían girado, marcando la media vuelta, y salían por lados opuestos, recogiéndose los sables, sonoras las espuelas:

—¡Chac! ¡Chac!

El Tirano, con el sol en la calavera, fisgaba por los vidrios de la ventana. Sonaban las cornetas, y en la campa barcina, ante la puerta del convento, una escolta de dragones revolvía los caballos en torno del arqueológico landó con atalaje de mulas, que usaba para las visitas de ceremonia Niño Santos.

III

Con su paso menudo de rata fisgona, asolapándose el levitón de clérigo, salió al locutorio de audiencias Tirano Banderas:

—¡Salutem plurimam!

Doña Rosita Pintado, caído el rebozo, con dramática escuela, se arrojó a las plantas del Tirano:

—¡Generalito, no es justicia lo que se hace con mi chamaco!

Avinagró el gesto la momia indiana:

—Alce, Doña Rosita, no es un tablado de comedia la audiencia del Primer Magistrado de la Nación. Exponga su pleito con comedimiento. ¿Qué le sucede al hijo del lamentado Doctor Rosales? ¡Aquel conspicuo patricio hoy nos sería un auxiliar muy valioso para el sostenimiento del orden! ¡Doña Rosita, exponga su pleito!

—¡Generalito, esta mañana se me llevaron preso al chamaco!

—Doña Rosita, explíqueme las circunstancias de ese arresto.

—El Mayor del Valle venía sobre los pasos de un fugado.

—¿Usted le había dado acogimiento?

—¡Ni lo menos! Por lo que entendí, era su compadre Domiciano.

—¡Mi compadre Domiciano! Doña Rosita, ¿no querrá decir el Coronel Domiciano de la Gándara?

—¡Me tiraniza pidiéndome tan justa gramática!

—El Primer Magistrado de un pueblo no tiene compadres, Doña Rosita. ¿Y cómo en horas tan intempestivas la visita del Coronel de la Gándara?

—¡Un centellón, no más, mi Generalito! Entró de la calle y salió por la ventana sin explicarse.

—¿Y a qué obedece haber elegido la casa de usted, Doña Rosita?

—Mi Generalito, ¿y a qué obedece el sino que rige la vida?

—Acorde con esa doctrina, espere el sino del chamaco, que nada podrá sucederle fuera de esa ley natural. Mi señora Doña Rosita, me deja muy obligado. Me ha sido de una especial complacencia volver a verla y memorizar tiempos antiguos, cuando la festejaba el lamentado Laurencio Rosales. ¡Veo siempre en usted aquella cabalgadora del Ranchito de Talapachi! Váyase muy consolada, que contra el sino de cada cual no hay poder suficiente para modificarlo, en lo limitado de nuestras voluntades.

—¡Generalito, no me hablés encubierto!

—Fíjese no más: El Coronel de la Gándara, hurtándose a la ley por una ventana, tramita todas las incidencias de este pleito, y en modo alguno podemos ya sustraernos a la actuación que nos deja pendiente. Mi señora Doña Rosita, convengamos que nuestra condición en el mundo es la de niños rebeldes que caminasen con las manos atadas, bajo el rebencazo de los acontecimientos. ¿Por qué eligió la casa de usted el Coronel Domiciano de la Gándara? Doña Rosita, excúseme que no pueda dilatar la audiencia, pero lleve mis seguridades de que se proveerá en justicia. ¡Y en últimas resultas, siempre será el sino de las criaturas quien sentencie el pleito! ¡Nos vemos!

Se apartó hecho un rígido espeto, y con austera seña de la mano llamó al ayudante cuadrado en la puerta:

—Se dan por finalizadas las audiencias. Vamos a Santa Mónica.

IV

La llama del sol encendía con destellos el arduo tenderete de azoteas, encastillado sobre la curva del Puerto. El
vasto mar ecuatorial, caliginoso de tormentas y calmas,
se inmovilizaba en llanuras de luz, desde los muelles al
confín remoto. Los muros de reductos y hornabeques destacaban su ruda geometría castrense, como bulldogs tras-
cendidos a expresión matemática. Una charanga, brillante y ramplona, divertía al vulgo municipal en el quiosco
de la Plaza de Armas. En la muda desolación del cielo,
abismado en el martirio de la luz, era como una injuria
la metálica estridencia. La pelazón de indios ensabanados,
arrendándose a las aceras y porches, o encumbrada por
escalerillas de iglesias y conventos, saludaba con una ge-
nuflexión el paso del Tirano. Tuvo un gesto humorístico
la momia enlevitada:

—¡Chac! ¡Chac! ¡Tan humildes en la apariencia, y son
ingobernables! No está mal el razonamiento de los científicos, cuando nos dicen que la originaria organización comu-
nal del indígena se ha visto fregada por el individualismo
español, raíz de nuestro caudillaje. El caudillaje criollo, la
indiferencia del indígena, la crápula del mestizo y la teo-
cracia colonial son los tópicos con que nos denigran el in-
dustrialismo yanqui y las monas de la diplomacia europea. Su negocio está en hacerle la capa a los bucaneros
de la revolución, para arruinar nuestros valores y alzarse
concesionarios de minas, ferrocarriles y aduanas...
¡Vamos a pelearles el gallo sacando de la prisión, con todos
los honores, al futuro Presidente de la República!

El Generalito rasgaba la boca con falsos teclados. Asen-
tían con militar tiesura los ayudantes. La escolta drago-
na, imperativa de brillos y sones marciales, rodeaba el
landó. Apartábase la plebe con el temor de ser atropella-

da, y repentinos espacios desiertos silenciaban la calle. En el borde de la acera, el indio de sabanil y chupalla, greñudo y genuflexo, saludaba con religiosas cruces. Se entusiasmaban con vítores y palmas los billaristas asomados a la balconada del Casino Español. La momia enlevitada respondía con cuáquera dignidad, alzándose la chistera, y con el saludo militar los ayudantes.

V

El Fuerte de Santa Mónica descollaba el dramón de su arquitectura en el luminoso ribazo marino. Formaba el retén en la poterna. El Tirano no movió una sola arruga de su máscara indiana para responder al saludo del Coronel Irineo Castañón —Pata de Palo—. Inmovilizábase en un gesto de duras aristas, como los ídolos tallados en obsidiana:

—¿Qué calabozo ocupa Don Roque Cepeda?

—El número tres.

—¿Han sido tratados con toda la consideración que merecen tan ilustre patricio y sus compañeros? El antagonismo político dentro de la vigencia legal, merece todos los respetos del Poder Público. El rigor de las leyes ha de ser aplicado a los insurgentes en armas. Aténgase a estas instrucciones en lo sucesivo. Vamos a vernos con el candidato de las oposiciones para la Presidencia de la República. Coronel Castañón, rompa marcha.

El Coronel giró con la mano en la visera, y su remo de palo, con tieso destaque, trazó la media vuelta en el aire: Puesto en marcha, al tilingo de las llaves en pretina, advirtió con marciales escandidos:

—Don Trinidad, vos nos precedés.

Corrió Don Trino con morisquetas quebradas por los juanetes. Rechinaron cerrojos y gonces. Abierta la ferrona cancela, renovó el trote con sones y compases del pretino llavero: Bailarín de alambre, relamía gambetas sobre el lujo chafado de los charoles. El Coronel Irineo Castañón, al frente de la comitiva, marcaba el paso. ¡Tac! ¡Tac! Por bovedizos y galerías, apostillaba un eco el ritmo cojitranco de la pata de palo: ¡Tac! ¡Tac! El Tirano, raposo y clerical, arrugaba la boca entre sus ayudantes lagartijeros. Echó los bofes el Coronel Alcaide:

—¡Calabozo número tres!

Tirano Banderas, en el umbral, saludó, quitándose el sombrero, tendidos los ojos para descubrir a Don Roque. Todo aquel mundo carcelario estaba vuelto a la puerta, inmovilizado en muda zozobra. El Tirano, acostumbrada la vista a la media luz del calabozo, penetró por la doble hilera de hamacas. Extremando su rancia ceremonia, señalaba un deferente saludo al corro centrado por Don Roque Cepeda:

—Mi Señor Don Roque, recién me entero de su detención en el fuerte. ¡Lo he deplorado! Hágame el honor de considerarme ajeno a esa molestia. Santos Banderas guarda todos los miramientos a un repúblico tan ameritado, y nuestras diferencias ideológicas no son tan irreductibles como usted parece presuponerlo, mi Señor Don Roque. En todas las circunstancias usted representa para mí, en el campo político, al adversario que, consciente de sus deberes ciudadanos, acude a los comicios y riñe la batalla sin salirse fuera de la Carta Constitucional. Notoriamente, he procedido con el mayor rigor en las sumarias instruidas a los aventureros que toman las armas y se colocan fuera de las leyes. Para esos caudillos que no vacilan en provocar una intervención extranjera, seré siempre inexorable, pero esta actuación no excluye mi respeto y hasta mi complacencia para los que me presentan batalla amparados en el derecho que les confieren las leyes. Don Roque, en ese terreno deseo verle a usted, y comienzo por decirle que reconozco plenamente su patriotismo, que me congratula la generosa intención de su propaganda por tonificar de estímulos ciudadanos a la raza indígena. Sobre este tópico aún hemos de conversar, pero horita sólo quiero expresarle mis excusas ante el lamentado error policial, originándose que la ergástula del vicio y de la corrupción se vea enaltecida por el varón justo de que nos habla el latino Horacio.

Don Roque Cepeda, en la rueda taciturna de sus amigos incrédulos, se iluminaba con una sonrisa de santo campesino, tenía un suave reflejo en las bruñidas arrugas:

—Señor General, perdóneme la franqueza. Oyéndole me parece escuchar a la Serpiente del Génesis.

Era de tan ingenua honradez la expresión de los ojos y el reflejo de la sonrisa en las arrugas, que excusaban como acentos benévolos la censura de las cláusulas. Tirano Banderas inmovilizaba las aristas de su verde mueca:

—Mi Señor Don Roque, no esperaba de su parte esa fineza. De la mía propositaba ofrecerle una leal amistad y estrechar su mano, pero visto que usted no me juzga sincero, me limito a reiterarle mis excusas.

Saludó con la castora, y, apostillado por los dos ayudantes, se dirigió a la puerta.

VI

Entre la doble fila de hamacas saltó, llorón y grotesco, el Licenciado Veguillas:

—¡Cuá! ¡Cuá!

La momia remegió la boca:

—¡Macaneador!

—¡Cuá! ¡Cuá!

—No seás payaso.

—¡Cuá! ¡Cuá!

—Que no me divierte horita esa bufonada.

—¡Cuá! ¡Cuá!

—Tendré que apartarle con la punta de la bota.

—¡Cuá! ¡Cuá!

El Licenciadito, recogida la guayabera en el talle, terco, llorón, saltaba en cuclillas, inflada la máscara, el ojo implorante:

—¡Me sonroja verle! Sus delaciones no se redimen cantando la rana.

—Mi Generalito es un viceversa magnético.

Tirano Banderas, con la punta de la bota, le hizo rodar por delante del centinela, que, pegado al quicio de la puerta, presentaba el arma:

—Voy a regalarle un gorro de cascabeles.

—¡Mi Generalito, para qué se molesta!

—Se presentará con él a San Pedro. Ándele no más, le subo en mi carruaje a los Mostenses. No quiero que se vaya al otro mundo descontento de Santos Banderas. Me conversará durante el día, ya que tan pronto dejaremos de comunicarnos. Posiblemente le alcanza una sentencia de pena capital. Licenciadito, ¿por qué me ha sido tan pendejo? ¿Quién le inspiró la divulgación de las resoluciones presidenciales? ¿A qué móviles ha obedecido tan vituperable conducta? ¿Qué cómplices tiene? Hónreme montando en mi carruaje y tome luneta a mi diestra. Todavía no ha recaído sentencia sobre su conducta y no quiero prejuzgar su delincuencia.

LIBRO SEGUNDO

FLAQUEZAS HUMANAS

I

Don Mariano Isabel Cristino Queralt y Roca de Togo-res, Ministro Plenipotenciario de Su Majestad Católica en Santa Fe de Tierra Firme, Barón de Benicarlés y Caballe-ro Maestrante, condecorado con más lilailos que borrico cañí, era a las doce del día en la cama, con gorra de enca-jes y camisón de seda rosa. Merlín, el gozque faldero, le lamía el colorete y adobaba el mascarón esparciéndole el afeite con la espátula linguaria. Tenía en el hocico el fal-dero arrumacos, melindres y mimos de maricuela.

II

Sin anuncio del ayuda de cámara, entró, gambetero, Cu-rrito Mi-Alma. El niño andaluz se detuvo en la puerta, marcó un redoble de las uñas en el alón del cordobés, y con un papirote se lo puso terciado. En el mismo compás levantaba el veguero al modo de caña sanluqueña, ento-nado, ceceante, con el mejor estilo de la cátedra sevillana:

—¡Gachó! ¿Te has pintado para la Semana de Pasión? Merlín te ha puesto la propia jeta de un disciplinante.

Su Excelencia se volvió, dando la espalda al niño marchoso:

—¡Eres incorregible! Ayer, todo el día sin dejarte ver el pelo.

—Formula una reclamación diplomática. Horita salgo del estaribel, que decimos los clásicos.

—Deja la guasa, Curro. Estoy sumamente irritado.

—La veri, Isabelita.

—¡Eres incorregible! Habrás dado algún escándalo.

—Ojerizas. He dormido en la delega, sobre un petate, y esto no es lo más malo: La poli se ha hecho cargo de mi administración y de toda la correspondencia.

El Ministro de España se incorporó en las almohadas, y al faldero, suspendiéndole por las lanas del cuello, espatarró en la alfombra:

—¿Qué dices?

El Curro afligió la cara:

—¡Isabelita, un sinapismo para puesto en el rabo!

—¿Dónde tenías mis cartas?

—En una valija con siete candados mecánicos.

—¡Nos conocemos, Curro! Te vienes con ese infundio idiota para sacarme dinero.

—¡Que no es combina, Isabelita!

—¡Curro, tú te pasas de sinvergüenza!

—Isabelita, agradezco el requiebro, pero en esta corrida sólo es empresa el Licenciado López de Salamanca.

—¡Currito, eres un canalla!

—¡Que me coja un toro y me mate!

—¡Esas cartas se queman! ¡Deben quemarse! ¡Es lo correcto!

—Pero siempre se guardan.

—¡Si anda en esto la mano del Presidente! ¡No quiero pensarlo! ¡Es una situación muy difícil y muy complicada!

—¿Me dirás que es la primera en que te ves?

—¡No me exasperes! En las circunstancias actuales puede costarme la pérdida de la carrera.

—¡Acude al quite!

—Estoy distanciado del Gobierno.

—Pues te arrimas al morlaco y lo pasas de muleta. ¡Mi alma, que no sabes tú hacer eso!

El representante de Su Majestad Católica echó los pies fuera de la cama, agarrándose la cabeza:

—¡Si trasciende a los periódicos se me crea una situación imposible! ¡Cuando menos su silencio me cuesta un riñón y mitad del otro!

—Dale changüí a Tirano Banderas.

El Ministro de España se levantó apretando los puños:

—¡No sé cómo no te araño!

—Una duda muy meritoria.

—¡Currito, eres un canalla! Todo esto son gaterías tuyas para sacarme dinero, y me estás atormentando.

—Isabelita, ¿ves estas cruces? Te hago juramento por lo más sagrado.

El Barón repitió, temoso:

—¡Eres un canalla!

—Deja esa alicantina. Te lo juro por el escapulario que mi madre, pobrecita, me puso al salir de la adorada España.

El Curro se había conmovido con un eco sentimental de copla andaluza. Su Excelencia apuntaba una llama irónica en el azulino horizonte de sus ojos huevones:

—Bueno, sírveme de azafata.

—¡Sinvergonzona!

III

El representante de Su Majestad Católica, perfumado y acicalado, acudió al salón donde hacía espera Don Celes. Un pesimismo sensual y decadente, con lemas y aposti-

llas literarias, retocaba, como otro afeite, el perfil psico-
lógico del carcamal diplomático, que en los posos de su
conciencia sublimaba resabios de amor, con laureles clásicos: Frecuentemente, en el trato social, traslucía sus abe-
rrantes gustos con el libre cinismo de un elegante en el
Lacio: Tenía siempre pronta una burla de amables epi-
gramas para los jóvenes colegas incomprensivos, sin fan-
tasía y sin humanidades: Insinuante, con indiscreta confidencia, se decía sacerdote de Hebe y de Ganimedes. Bajo
esta apariencia de frívolo cinismo, prosperaban alarde y
engaño, porque nunca pudo sacrificar a Hebe. El Barón
de Benicarlés mimaba aquella postiza afición flirteando
entre las damas, con un vacuo cotorreo susurrante de risas,
reticencias e intimidades. Para las madamas era encanta-
dor aquel pesimismo de casaca diplomática, aquellos giros
disertantes y parabólicos de los guantes londinenses, ro-
zados de frases ingeniosas diluidas en una sonrisa de oros
odontálgicos. Aquellas agudezas eran motivo de gorjeos
entre las jamonas otoñales: El mundo podía ofrecer un
hospedaje más confortable, ya que nos tomamos el trabajo de nacer. Sería conveniente que hubiese menos ton-
tos, que no doliesen las muelas, que los banqueros cance-
lasen sus créditos. La edad de morir debía ser una para
todos, como la quinta militar. Son reformas sin espera,
y con relación a las técnicas actuales, está anticuado el
Gran Arquitecto. Hay industriales yanquis y alemanes que
promoverían grandes mejoras en el orden del mundo si
estuviesen en el Consejo de Administración. El Ministro
de Su Majestad Católica tenía fama de espiritual en el
corro de las madamas, que le tentaban en vano ponién-
dole los ojos tiernos.

IV

—¡Querido Celes!

Al penetrar en el salón con sonrisa belfona recataba la congoja del ánimo, estarcido de suspicacias: ¡Don Celes! ¡Las cartas! ¡La mueca del Tirano! Un circunflejo del pensamiento sellaba la tríada con intuición momentánea, y el carcamal rememoraba su epistolario amoroso, y la dolorosa inquietud de otro disgusto lejano, en una Corte de Europa. El ilustre gachupín era en el estrado, con el jipi y los guantes sobre la repisa de la botarga: Bombón y badulaque, tendida la mano, en el salir de la penumbra dorada, se detuvo, fulminado por el ladrido del faldero, que arisco y mimoso, sacaba el agudo flautín entre las zancas de Su Excelencia:

—No quiere reconocerme por amigo.

Don Celes, como en un pésame, estrechó largamente la mano del carcamal, que le animó con gesto de benévola indiferencia:

—¡Querido Celes, trae usted cara de grandes sucesos!

—Estoy, mi querido amigo, verdaderamente atribulado.

El Barón de Benicarlés le interrogó con una mueca de suripanta:

—¿Qué ocurre?

—Querido Mariano, me causa una gran mortificación dar este paso. Créamelo usted. Pero las críticas circunstancias por que atraviesan las finanzas del país me obligan a recoger numerario.

El Ministro de Su Majestad Católica, falso y declamatorio, estrechó las manos del ilustre gachupín:

—Celes, es usted el hombre más bueno del mundo. Estoy viendo lo que usted sufre al pedirme su plata. Hoy se me ha revelado su gran corazón. ¿Sabe usted las últimas noticias de España?

—¿Pero hubo paquete?

—Me refiero al cable.

—¿Hay cambio político?

—El Posibilismo en Palacio.

—¿De veras? No me sorprende. Eran mis noticias, pero los sucesos han debido anticiparse.

—Celes, usted será Ministro de Hacienda. Acuérdese usted de este desterrado y venga un abrazo.

—¡Querido Mariano!

—¡Qué digna coronación de su vida, Celestino!

Falso y confidencial, hizo sentar en el sofá al orondo ricacho, y, sacando la cadera, cotorrón, tomó asiento a su lado. La botarga del gachupín se inflaba complacida. Emilio le llamaría por cable. ¡La Madre Patria! Se sintió con una conciencia difusa de nuevas obligaciones, una respetabilidad adiposa de personaje. Experimentaba la extraña sensación de que su sombra creciese desmesuradamente, mientras el cuerpo se achicaba. Enternecíase. Le sonaban eufónicamente escandidas palabras —Sacerdocio, Ponencia, Parlamento, Holocausto—. Y adoptaba un lema: ¡Todo por mi Patria! Aquella matrona entrada en carnes, corona, rodela y estoque, le conmovía como dama de tablas que corta el verso en la tramoya de candilejas, bambalinas y telones. Don Celes sentíase revestido de sagradas ínfulas y desplegaba petulante la curva de su destino con casaca bordada, como el pavo real la fábula de su cola. Fatuas imágenes y suspicacias de negociante compendiaban sus larvados arabescos en fugas colmadas de resonancias. El ilustre gachupín temía la mengua de sus lucros, si trocaba la explotación de cholos y morenos por el servicio de la Madre Patria. Se tocó el pecho y sacó la cartera:

—¡Querido Mariano, real y verdaderamente, en las circunstancias por que atraviesa este país, con la incertidumbre y poca fijeza de sus finanzas, me representa un grave quebranto la radicación en España! ¡Usted me conoce, usted sabe todo lo que me violenta apremiarle, usted, dándose cuenta de mi buena voluntad, no me creará una situación embarazosa!...

El Barón de Benicarlés, con apagada sonrisa, tiraba de las orejas a Merlín:

—¡Carísimo Celestino, pero si está usted haciendo mi rol! Sus disculpas, todas sus palabras, las hago mías. No es a usted a quien corresponde hablar así. ¡Carísimo Celestino, no me amenace usted con la cartera que me da más miedo que una pistola! ¡Guárdesela para que sigamos hablando! Tengo en venta una masía en Alicante. ¿Por qué no se decide usted y me la compra? Sería un espléndido regalo para su amigo el elocuente tribuno. Decídase usted, que se la doy barata.

Don Celes Galindo entornaba los ojos, abierta una sonrisa de oráculo entre las patillas de canela.

V

El ilustre gachupín extravagaba por los más encumbrados limbos la voluta del pensamiento: Investido de conciencia histórica, pomposo, apesadumbrado, discernía como un deshonor rojo y gualda el epistolario del Ministro de Su Majestad Católica al Currito de Sevilla. ¡Aberraciones! Y subitánea, en un silo de sombra taciturna, atisbó la mueca de Tirano Banderas. ¡Aberraciones! El verde mohín trituraba las letras. Y Don Celes, con mentales votos de hijo predilecto, ofrecía el sonrojo de su calva panzona en holocausto de la Madre Patria. El impulso de imponerle un parche en las vergüenzas le inundó generoso, calde, con el latido entusiasta de la onda sanguínea en los brindis y aniversarios nacionales. La botarga del ricacho era una boya de ecos magnánimos. El Barón, de media anqueta en el sofá, cristalizaba los ambiguos cara-melos de una sonrisa protocolaria. Don Celestino le ten-dió la mano condolido, piadoso, tal como su lienzo en el Vía-Crucis la María Verónica:

—Yo he vivido mucho. Cuando se ha vivido mucho, se adquiere cierta filosofía para considerar las acciones hu-manas. Usted me comprende, querido Mariano.

—Todavía no.

El Barón de Benicarlés, limitaba el azul horizonte de los ojos huevones, entornando los párpados. Don Celes cambió toda la cara en un gran gesto abismado y confi-dencial:

—Ayer, la policía, en mi opinión propasándose, ha efec-tuado la detención de un súbdito español y practicado un registro en sus petacas... Ya digo, en mi opinión, extrali-mitándose.

El carcamal diplomático asintió con melindre displicente:

—Acabo de enterarme. Me ha visitado con ese mismo duelo Currito Mi-Alma.

El Ministro de Su Majestad Católica sonreía, y sobre la crasa rasura, el colorete, abriéndose en grietas, tenía un sarcasmo de careta chafada. Se consternó Don Celes:

—Mariano, es asunto muy grave. Precisa que, puestos de acuerdo, lo silenciemos.

—¡Carísimo Celestino, es usted una virgen inocente! Todo eso carece de importancia.

En la liviana contracción de su máscara, el colorete se-guía abriéndose, con nuevas roturas. Don Celes acentua-ba su gesto confidencial:

—Querido Mariano, mi deber es prevenirle. Esas car-tas están en poder del General Banderas. Acaso violo un secreto político, pero usted, su amistad, y la Patria... ¡Querido Mariano, no podemos, no debemos olvidarnos de la Patria! Estas cartas actúan en poder del General Ban-deras.

—Me satisface la noticia. El Señor Presidente es bien seguro que sabrá guardarlas.

El Barón de Benicarlés acogíase en una actitud sibilina de hierofante en sabias perversidades. Insistía Don Celes, un poco captado por aquel tono:

—Querido Mariano, ya he dicho que no juzgo de esas cartas, pero mi deber es prevenirle.

—Y se lo agradezco. Usted, ilustre amigo, se deja arrebatar de la imaginación. Crea usted que esas cartas no tienen la más pequeña importancia.

—Me alegraría que así fuese. Pero temo un escándalo, querido Mariano.

—¿Puede ser tanta la incultura de este medio social? Sería perfectamente ridículo.

Don Celes se avino, marcando con un gesto su avenencia.

—Indudablemente; pero hay que silenciar el escándalo.

El Barón de Benicarlés entornaba los ojos, relamido de desdenes:

—¡Un devaneo! Ese Currito, le confieso a usted que me ha tenido interesado. ¿Usted le conoce? ¡Vale la pena!

Hablaba con tan amable sonrisa, con un matiz británico de tan elegante indiferencia, que el asombrado gachupín no tuvo ánimos para sacar del fuelle los grandes gestos. Fallidos todos, murmuró jugando con los guantes:

—No, no le conozco. Mariano, mi consejo es que debe usted tener amigo al General.

—¿Cree usted que no lo sea?

—Creo que debe usted verle.

—Eso, sí, no dejaré de hacerlo.

—Mariano, hágalo usted, se lo ruego, en nombre de la Madre Patria. Por ella, por la Colonia. Ya usted conoce sus componentes, gente inculta, sin complicaciones, sin cultura. Si el cable comunica alguna novedad política...

—Le tendré a usted al corriente, y le repito mi enhorabuena. Es usted un gran hombre plutarquiano. Adiós, querido Celes.

—Vea usted al Presidente.

—Le veré esta tarde.

—Con esa promesa me retiro satisfecho.

VI

Currito Mi-Alma salió rompiendo cortinas y, por decirlo en su verba, más postinero que un ocho:

—¡Has estado pero que muy buena, Isabelita!

El Barón de Benicarlés le detuvo con áulico aspaviento, la estampa fondona y gallota, toda conmovida:

—¡Me parece una inconveniencia ese espionaje!

—¡Mírame este ojo!

—Muy seriamente.

—¡No seas panoli!

Los cedros y los mirtos del jardín trascendían remansadas penumbras de verdes acuarios a los estores del salón, apenas ondulados por la brisa perfumada de nardos. El jardín de la virreina era una galante geometría de fuentes y mirtos, estanques y ordenados senderos: Inmóviles cláusulas de negros espejos pautaban los estanques, entre columnatas de cipreses. El Ministro de Su Majestad Católica, con un destello de orgullo en el azul porcelana de las pupilas, volvió la espalda al rufo, y recluyéndose en el calino mirador colonial, se incrustaba el monóculo bajo la ceja. Trepaban del jardín verdes de una enredadera, y era detrás de los cristales toda la sombra verde del jardín. El Barón de Benicarlés apoyó la frente en la vidriera: Elefantona, atildada, britanizante, la figura dibujaba un gran gesto preocupado. El Curro y Merlín, cada cual desde su esquina, le contemplaban sumido en la luz acuaria del mirador; en la curva rotunda, labrada de olorosas maderas, con una evocación de lacas orientales y borbónicas, de minué bailado por Visorreyes y Princesas Flor de Almendro. El Curro rompió el encanto escupiendo, marchoso, por el colmillo:

—¡Isabelita, prenda, así te despeines, o te subas el moño, para menda lo mismo que la Biblia del Padre Carulla! Isabelita, hay que mover los pinreles y darse la lengua con Tirano Banderas.

—¡Canalla!

—¡Isabelita, evitémonos un solfeo!

LIBRO TERCERO

LA NOTA

I

El Excelentísimo Señor Ministro de España había pedido el coche para las seis y media. El Barón de Benicarlés, perfumado, maquillado, decorado, vestido con afeminada elegancia, dejó sobre una consola el jipi, el junco y los guantes: Haciéndose lugar en el corsé con un movimiento de cintura, volvió sobre sus pasos, y entró en la recámara: Alzóse una pernera, con mimo de no arrugarla, y se aplicó una inyección de morfina. Estirando la zanca con leve cojera, volvió a la consola y se puso, frente al espejo, el sombrero y los guantes. Los ojos huevones, la boca fatigada, diseñaban en fluctuantes signos los toboganes del pensamiento. Al calzarse los guantes, veía los guantes amarillos de Don Celes. Y, de repente, otras imágenes saltaron en su memoria, con abigarrada palpitación de sueltos toretes en un redondel. Entre ángulos y roturas gramaticales, algunas palabras se encadenaban con vigor epigráfico: —Desecho de tienta. Cría de Guisando. ¡Graníticos!— Sobre este trampolín, un salto mortal, y el pensamiento quedaba en una suspensión ingrávida, gaseado: —¡Don Celes! ¡Asno divertido! ¡Magnífico!— El pensamiento, diluyéndose en una vaga emoción jocosa, se trasmudaba en sucesivas intuiciones plásticas de un vigoroso grafismo mental, y una lógica absurda de sueño. Don Celes, con albarda muy gaitera, hacía monadas en la pista de un circo. Era realmente el orondo gachupín. ¡Qué toninada! Castelar le había hecho creer que cuando gobernase lo llamaría para Ministro de Hacienda.

El Barón se apartó de la consola, cruzó el estrado y la galería, dio una orden a su ayuda de cámara, bajó la escalera. Le inundó el tumulto luminoso del arroyo. El coche llegaba rozando el azoguejo. El cochero inflaba la cara teniendo los caballos. El lacayo estaba a la portezuela, inmovilizado en el saludo: Las imágenes tenían un valor aislado y extático, un relieve lívido y cruel, bajo el celaje de cirrus, dominado por media luna verde. El Ministro de España, apoyando el pie en el estribo, diseñaba su pensamiento con claras palabras mentales: —Si surge una fórmula, no puedo singularizarme, cubrirme de ridículo por cuatro abarroteros. ¡Absurdo arrostrar el entredicho del Cuerpo Diplomático! ¡Absurdo!— Rodaba el coche. El Barón, maquinalmente, se llevó la mano al sombrero. Luego pensó: —Me han saludado. ¿Quién era?—. Con un esguince anguloso y oblicuo vio la calle tumultuosa de luces y músicas. Banderas españolas decoraban sobre pulperías y casas de empeño. Con otro esguince le acudió el recuerdo de una fiesta avinatada y cerril, en el Casino Español. Luego, por rápidos toboganes de sombra, descendía a un remanso de la conciencia, donde gustaba la sensación refinada y tediosa de su aislamiento. En aquella sima, números de una gramática rota y llena de ángulos, volvían a inscribir los poliedros del pensamiento, volvían las cláusulas acrobáticas encadenadas por ocultos nexos: —Que me destinen al Centro de África. Donde no haya Colonia Española... ¡Vaya, Don Celes! ¡Grotesco perso-

naje!... ¡Qué idea la de Castelar!... Estuve poco humano. Casi me pesa. Una broma pesada... Pero ése no venía
sin los pagarés. Estuvo bien haberle parado en seco. ¡Un
quiebro oportuno! Y la deuda debe de subir un pico... Es
molesto. Es denigrante. Son irrisorios los sueldos de la Carrera. Irrisorios los viáticos.

II

El coche, bamboleando, entraba por la Rinconada de
Madres. Corrían gallos. El espectáculo se proyectaba sobre
un silencio tenso, cortado por ráfagas de popular algazara. El Barón alzó el monóculo para mirar a la plebe, y
lo dejó caer. Con una proyección literaria, por un nexo
de contrarios, recordó su vida en las Cortes Europeas. Le
acarició un cefirillo de azahares. Rozaba el coche las tapias de un huerto de monjas. El cielo tenía una luz verde,
como algunos cielos del Veronés. La Luna, como en todas
partes, un halo de versos italianos, ingleses y franceses.
Y el carcamal diplomático, sobre la reminiscencia pesimis-
ta y sutil de su nostalgia, triangulaba difusos, confusos,
plurales pensamientos. —¡Explicaciones! ¿Para qué? Cabezas de berroqueña—. Por sucesivas derivaciones, en una
teoría de imágenes y palabras cargadas de significación,
como palabras cabalísticas, intuyó el ensueño de un viaje
por países exóticos. Recaló en su colección de marfiles.
El ídolo panzudo y risueño, que ríe con la panza desnuda, se parece a Don Celes. Otra vez los poliedros del pensamiento se inscriben en palabras: —Va a dolerme dejar
el país. Me llevo muchos recuerdos. Amistades muy gen-
tiles. Me ha dado miel y acíbar. La vida, igual en todas
partes... Los hombres valen más que las mujeres. Sucede
como en Lisboa. Entre los jóvenes hay verdaderos Apo-
los... Es posible que me acompañe ya siempre la nostal-

gia de estos climas tropicales. ¡Hay una palpitación del desnudo!— El coche rodaba. Portalitos de Jesús, Plaza de Armas, Monotombo, Rinconada de Madres, tenían una luminosa palpitación de talabartería, filigranas de plata, ruedas de facones, tableros de suertes, vidrios en sartales.

III

Frente a la Legación Inglesa había un guiñol de mitote y puñales. El coche llegaba rozando la acera. El cochero inflaba la cara reteniendo los caballos. El lacayo estaba en la portezuela, inmovilizado en un saludo. El Barón, al apearse, distinguió vagamente a una mujer con rebocillo: Abría la negra tenaza de los brazos, acaso le requería. Se borró la imagen. Acaso la vieja luchaba por llegar al coche. El Barón, deteniéndose un momento en el estribo, esparcía los ojos sobre la fiesta de la Rinconada. Entró en la Legación. Un momento creyó que le llamaban, indudablemente le llamaban. Pero no pudo volver la cabeza: Dos Ministros, dos oráculos del protocolo, le retenían con un saludo, levantándose al mismo tiempo los sombreros: Estaban en el primer peldaño en la escalera, bajo la araña destellante de luces, ante el espejo que proyectaba las figuras con una geometría oblicua y disparatada. El Barón de Benicarlés respondía quitándose a su vez el sombrero, distraído, alejado el pensamiento. La vieja, los brazos como tenazas bajo el rebocillo, iniciaba su imagen. Pasó también perdido bajo el recuerdo el eco de su propio nombre, la voz que acaso le llamaba. Maquinalmente sonrió a las dos figuras, en su espera bajo la araña fulgurante. Cambiando cortesías y frases amables, subió la escalera entre los Ministros de Chile y del Brasil. Murmuró engordando las erres con una fuga de nasales amables y protocolarias:

—Creo que nosotros estamos los primeros.

Se miró los pies con la vaga inquietud de llevar recogida una pierna del pantalón. Sentía la picadura de la morfina. Se le aflojaba una liga. ¡Catastrófico! ¡Y el Ministro del Brasil se había puesto los guantes amarillos de Don Celes!

IV

El Decano del Cuerpo Diplomático —Sir Jonnes H. Scott, Ministro de la Graciosa Majestad Británica— exprimía sus escrúpulos puritanos en un francés lacio, orquestado de haches aspiradas. Era pequeño y tripudo, con un vientre jovial y una gran calva de patriarca: Tenía el rostro encendido de bermejo cándido, y una punta de maliciosa suspicacia en el azul de los ojos, aún matinales de juegos e infancias:

—Inglaterra ha manifestado en diferentes actuaciones el disgusto con que mira el incumplimiento de las más elementales Leyes de Guerra. Inglaterra no puede asistir indiferente al fusilamiento de prisioneros, hecho con violación de todas las normas y conciertos entre pueblos civilizados.

La Diplomacia Latino-Americana concertaba un aprobatorio murmullo, amueblando el silencio cada vez que humedecía los labios en el refresco de brandy-soda el Honorable Sir Jonnes H. Scott. El Ministro de España, distraído en un flirt sentimental, paraba los ojos sobre el Ministro del Ecuador, Doctor Aníbal Roncali —un criollo muy cargado de electricidad, rizos prietos, ojos ardientes, figura gentil, con cierta emoción fina y endrina de sombra chinesca—. El Ministro de Alemania, Von Estrug, cambiaba en voz baja alguna interminable palabra tudesca con el Conde Chrispi, Ministro de Austria. El Representante de Francia engallaba la cabeza, con falsa atención, media cara en el reflejo del monóculo. Se enjugaba los labios y proseguía el Honorable Sir Jonnes:

—Un sentimiento cristiano de solidaridad humana nos ofrece a todos el mismo cáliz para comulgar en una acción conjunta y recabar el cumplimiento de la legislación internacional al respecto de las vidas y canje de prisioneros. El Gobierno de la República, sin duda, no desoirá las indicaciones del Cuerpo Diplomático: El Representante de Inglaterra tiene trazada su norma de conducta, pero tiene al mismo tiempo un particular interés en oír la opinión del Cuerpo Diplomático. Señores Ministros, éste es el objeto de la reunión. Les presento mis mejores excusas, pero he creído un deber convocarles, como decano.

La Diplomacia Latino-Americana prolongaba su blando rumor de eses laudatorias, felicitando al Representante de Su Graciosa Majestad Británica. El Ministro del Brasil, figura redonda, azabachada, expresión asiática de mandarín o de bonzo, tomó la palabra, acordando sus sentimientos a los del Honorable Sir Jonnes H. Scott. Accionaba levantando los guantes en ovillejo. El Barón de Benicarlés sentía una profunda contrariedad: El revuelo de los guantes amarillos le estorbaba el flirteo. Dejó su asiento, y con una sonrisa mundana, se acercó al Ministro Ecuatoriano:

—El colega brasileño se ha venido con unas terribles lubas de canario.

Explicó el Primer Secretario de la Legación Francesa, que actuaba de Ministro:

—Son crema. El último grito en la Corte de Saint James.

El Barón de Benicarlés evocó con cierta irónica admiración el recuerdo de Don Celes. El Ministro del Ecuador, que se había puesto en pie, agitados los rizos de ébano, hablaba verboso. El Barón de Benicarlés, gran observante del protocolo, tenía una sonrisa de sufrimiento y simpatía ante aquella gesticulación y aquel raudal de metáforas. El Doctor Aníbal Roncali proponía que los diplomáticos hispano-americanos celebrasen una reunión previa bajo la presidencia del Ministro de España: Las águilas jóvenes que tendían las alas para el heroico vuelo, agrupadas en torno del águila materna. La Diplomacia Latino-Americana manifestó su conformidad con murmullos. El Barón de Benicarlés se inclinó: Agradecía el honor en nombre de la Madre Patria. Después, estrechando la mano prieta del ecuatoriano, entre sus manos de odalisca, se explicó dengoso, la cabeza sobre el hombro, un almíbar de monja la sonrisa, un derretimiento de camastrón la mirada:

—¡Querido colega, sólo acepto viniendo usted a mi lado como Secretario!

El Doctor Aníbal Roncali experimentó un vivo deseo de libertarse la mano que insistentemente le retenía el Ministro de España: Se inquietaba con una repugnancia asustadiza y pueril: Recordó de la vieja pintada que le llamaba desde una esquina, cuando iba al Liceo. ¡Aquella vieja terrible, insistente como un tema de gramática! Y el carcamal, reteniéndole la mano, parecía que fuese a sepultarla en el pecho: Hablaba ponderativo, extasiando los ojos con un cinismo turbador. El Ministro Ecuatoriano hizo un esfuerzo y se soltó:

—Un momento, Señor Ministro. Tengo que saludar a Sir Scott.

El Barón de Benicarlés se enderezó, poniéndose el monóculo:

—Me debe usted una palabra, querido colega.

El Doctor Aníbal Roncali asintió, agitando los rizos, y se alejó con una extraña sensación en la espalda, como si oyese el siseo de aquella vieja pintada, cuando iba a las aulas del Liceo: Entró en el corro, donde recibía felicitaciones el evangélico Plenipotenciario de Inglaterra. El

Barón, erguido, sintiéndose el corsé, ondulando las caderas, se acercó al Embajador de Norteamérica. Y el flujo de acciones extravagantes al núcleo que ofrecía incienso a la diplomacia británica, atrajo al formidable Von Estrug, Representante del Imperio Alemán. Satélite de su órbita era el azafranado Conde Chrispi, Representante del Imperio Austro-Húngaro. Habló confidencial el yanqui:

—El Honorable Sir Jonnes Scott ha expresado elocuentemente los sentimientos humanitarios que animan al Cuerpo Diplomático. Indudablemente. ¿Pero puede ser justificativo para intervenir, siquiera sea aconsejando, en la política interior de la República? La República, sin duda, sufre una profunda conmoción revolucionaria, y la represión ha de ser concordante. Nosotros presenciamos las ejecuciones, sentimos el ruido de las descargas, nos tapamos los oídos, cerramos los ojos, hablamos de aconsejar... Señores, somos demasiado sentimentales. El Gobierno del General Banderas, responsable y con elementos suficientes de juicio, estimará necesario todo el rigor. ¿Puede el Cuerpo Diplomático aconsejar en estas circunstancias?

El Ministro de Alemania, semita de casta, enriquecido en las regiones bolivianas del caucho, asentía con impertinencia poliglota, en español, en inglés, en tudesco. El Conde Chrispi, severo y calvo, también asentía, rozando con un francés muy puro, su bigote de azafrán. El Representante de Su Majestad Católica fluctuaba. Los tres diplomáticos, el yanqui, el alemán, el austriaco, ensayando el terceto de su mutua discrepancia, poníanle sobre los hilos de una intriga, y experimentaba un dolor sincero, reconociendo que en aquel mundo, su mundo, todas las cábalas se hacían sin contar con el Ministro de España. El Honorable Sir Jonnes H. Scott había vuelto a tomar la palabra:

—Séame permitido rogar a mis amables colegas de querer ocupar sus puestos.

Los discretos conciliábulos se dispersaban. Los Señores Ministros, al sentarse, inclinándose, hablándose en voz baja, producían un apagado murmullo babélico. Sir Scott, con palabra escrupulosa de conciencia puritana, volvía a ofrecer el cáliz colmado de sentimientos humanitarios al Honorable Cuerpo Diplomático. Tras prolija discusión se redactó una Nota. La firmaban veintisiete Naciones. Fue un acto trascendental. El suceso, troquelado con el estilo epigráfico y lacónico del cable, rodó por los grandes periódicos del mundo: —Santa Fe de Tierra Firme. El Honorable Cuerpo Diplomático acordó la presentación de una Nota al Gobierno de la República. La Nota, a la cual se atribuye gran importancia, aconseja el cierre de los expendios de bebidas y exige el refuerzo de guardias en las Legaciones y Bancos Extranjeros.

SÉPTIMA PARTE

LA MUECA VERDE

LIBRO PRIMERO

RECREOS DEL TIRANO

I

Generalito Banderas metía el tejuelo por la boca de la rana. Doña Lupita, muy peripuesta de anillos y collares, presidía el juego sentada entre el anafre del café y el metate de las tortillas, bajo un rayado parasol, en los círculos de un ruedo de colores:

—¡Rana!

II

—¡Cuá! ¡Cuá!

Nachito, adulón y ramplón, asistía en la rueda de compadritos, por maligna humorada del Tirano. La mueca verde remegía los venenos de una befa aún soturna y larvada en los repliegues del ánimo: Diseñaba la vírgula de un sarcasmo hipocondriaco:

—Licenciado Veguillas, en la próxima tirada va usted a ser mi socio. Procure mostrarse a la altura de su reputación, y no chingarla. ¡Ya está usted como un bejuco temblando! ¡Pero qué flojo se ha vuelto, valedor! Un vasito de limón le caerá muy bueno. Licenciadito, si no serena los pulsos perderá su buena reputación. ¡No se arrugue, Licenciado! El refresquito de limón es muy provechoso para los pasmos del ánimo. Signifíquese, no más, con la vieja rabona, y brinde a los amigos la convidada. Despídase rumboso y le rezaremos cuando estire el zancajo.

Nachito suspiraba meciéndose sobre el pando compás de las piernas, rubicundo, inflada la carota de lágrimas:

—¡La sílfide mundana me ha suicidado!

—¡No divague.

—¡Generalito, me condena un juego ilusorio de las Ánimas Benditas! ¡Apelo de mi martirio! ¡Una esperanza! ¡Una esperanza no más! En el médano más desamparado da sus flores el rosal de la esperanza. No vive el hombre sin esperanza. El pájaro tiene esperanza, y canta aunque la rama cruja, porque sabe lo que son sus alas. El rayo de la aurora tiene esperanza. ¡Mi Generalito, todos los seres se decoran con el verde manto de la Deidad! ¡Canta su voz en todos los seres! ¡El rayo de su mirada se sume hasta el fondo de las cárceles! ¡Consuela al sentenciado en capilla! ¡Le ofrece la promesa de ser indultado por los Poderes Públicos!

Niño Santos extraía de su levitón el pañuelo de dómine y se lo pasaba por la calavera:

—¡Chac! ¡Chac! Una síntesis ha hecho, muy elocuente, Licenciadito. El Doctor Sánchez Ocaña le ha dado, sin duda, sus lecciones, en Santa Mónica. ¡Chac! ¡Chac!

Hacían bulla los compadres, celebrando el rejo maligno del Tirano.

III

Doña Lupita, achamizada, zalamera, servía en un rayo de sol el iris de los refrescos. Niño Santos, alternativamente, ponía los labios en el vidrio de limón y fisgaba a la comadreja: Sartas de corales, mieles de esclava, sonrisa de Oriente:

—¡Chac! ¡Chac! Doña Lupita, me está pareciendo que tenés vos la nariz de la Reina Cleopatra. Por mero la cachiza de cuatro copas, un puro trastorno habéis vos traído a la República. Enredáis vos más que el Honorable Cuerpo Diplomático. ¿Cuántas copas os había quebrado el Coronel de la Gándara? ¡Doña Lupita, por menos de un boliviano me lo habéis puesto en la bola revolucionaria! No hacía más la nariz de la Reina Faraona. Doña Lupita, la deuda de justicia que vos me habéis reclamado ha sido una madeja de circunstancias fatales: Es causa primordial en la actuación rebelde del Coronel de la Gándara: Ha puesto en Santa Mónica al chamaco de Doña Rosa Pintado. Cucarachita la Taracena reclama contra la clausura de su lenocinio, y tenemos pendiente una nota del Ministro de Su Majestad Católica. ¡Pueden romperse las relaciones con la Madre Patria! ¡Y vos, mi vieja, ahí os estás, sin la menor conturbación por tantas catástrofes! Finalmente, cuatro copas de vuestra mesilla, un peso papel, menos que nada, me han puesto en el trance de renunciar a los conciertos batracios del Licenciadito Veguillas.

—¡Cuá! ¡Cuá!

Nachito, por congraciarse, hostigaba la befa, mimando el canto y el compás saltarín de la rana. Con cuáqueros vinagres le apostrofó el Tirano:

—No haga el bufón, Señor Licenciado. Estos buenos amigos que van a juzgarle, no se dejarán influenciar por sus macanas: Espíritus cultivados, el que menos, ha visto funcionar los Parlamentos de la vieja Europa.

—¡Juvenal y Quevedo!

El ilustre gachupín se acariciaba las patillas de canela, rotunda la botarga, inflado el papo de aduladores énfasis. Se santiguaba la vieja rabona:

—¡Virgen de mi Nombre, la jugó Patillas!

—¡Pues hizo saque!

—¡De salir siempre tan enredada la madeja del mundo, no se libraba ni el más santo de verse en el Infierno!

—Una buena sentencia, Doña Lupita. ¿Pero su alma no siente el sobresalto de haber concitado el tumulto de tantas acciones, de tantos vitales relámpagos?

—¡Mi jefecito, no me asombre!

—Doña Lupita, ¿no temblás vos ante el problema de nuestras eternas responsabilidades?

—¡Entre mí estoy rezando!

IV

Recalaba sobre el camino la mirada Tirano Banderas:

—¡Chac! ¡Chac! El que tenga de ustedes mejor vista, sírvase documentarme y decirme qué tropa es aquélla. ¿El jinete charro que viene delante no es el ameritado Don Roque Cepeda?

Don Roque, con una escolta de cuatro indios caballerangos, se detenía al otro lado del seto, sobre el camino, al pie de la talanquera. La frente tostada, el áureo sombrero en la mano, el potro cubierto de platas, daban a la figura del jinete, en las luces del ocaso, un prestigio de santoral románico. Tirano Banderas, con cuáquera mesura, hacía la farsa del acogimiento:

—¡Muy feliz de verle por estos pagos! A Santos Banderas le correspondía la obligación de entrevistarle. Mi Señor Don Roque, ¿por qué se ha molestado? Era este servidor quien estaba en el débito de acudir a su casa y darle excusas con todo el Gobierno. A este propósito ha sido el enviarle uno de mis ayudantes, suplicándole audiencia y usted no más, extremando la cortesía, que se molesta, cuando el obligado era Santos Banderas.

Apeábase Don Roque, y abría los brazos con encomio amistoso el Tirano. Largas y confidenciales palabras tuvieron en el banco miradero de los frailes, frente al recalmado mar ecuatorial, con caminos de sol sobre el vasto incendio del poniente:

—¡Chac! ¡Chac! Muy feliz de verle.

—Señor Presidente, no he querido ausentarme para la campaña sin pasar a visitarle. Al acto de cortesía se suma mi sentimiento de amor a la República. He recibidio la visita de su ayudante, Señor Presidente, y recién la de mi antiguo compañero Lauro Méndez, Secretario de Relaciones. He actuado en consecuencia de la plática que tuvimos, y de la cual supongo enterado al Señor Presidente.

—El Señor Secretario ha hecho mal si no le dijo que obedecía mis indicaciones. Me gusta la franqueza. Amigo Don Roque, la independencia nacional corre un momento de peligro, asaltada por todas las codicias extranjeras. El Honorable Cuerpo Diplomático —una ladronera de intereses coloniales— nos combate de flanco con notas chicaneras que divulga el cable. La Diplomacia tiene sus agencias de difamación, y hoy las emplea contra la República de Santa Fe. El caucho, las minas, el petróleo, despiertan las codicias del yanqui y del europeo. Preveo horas de suprema angustia para todos los espíritus patriotas. Acaso nos amenaza una intervención militar, y a fin de proponer a usted una tregua solicitaba su audiencia. ¡Chac! ¡Chac!

Repetía Don Roque:

—¿Una tregua?

—Una tregua hasta que se resuelva el conflicto internacional. Fije usted sus condiciones. Yo comienzo por ofrecerle una amplia amnistía para todos los presos políticos que no hayan hecho armas.

Don Roque murmuró:

—La amnistía es un acto de justicia que aplaudo sin reservas. ¿Pero cuántos no han sido acusados injustamente de conspiración?

—A todos alcanzará el indulto.

—¿Y la propaganda electoral, será verdaderamente libre? ¿No se verá coaccionada por los agentes políticos del Gobierno?

—Libre y salvaguardada por las leyes. ¿Puedo decirle más? Deseo la pacificación del país y le brindo con ella. Santos Banderas no es el ambicioso vulgar que motejan en los círculos disidentes. Yo sólo amo el bien de la República. El día más feliz de mi vida será aquel en que, oscurecido, vuelva a mi predio, como Cincinato. En suma, usted, sus amigos, recobran la libertad, el pleno ejercicio de sus derechos civiles: Pero usted, hombre leal, espíritu patriota, trabajará por derivar la revolución a los cauces de la legalidad. Entonces, si en la lucha el pueblo le otorga sus sufragios, yo seré el primero en acatar la voluntad soberana de la Nación. Don Roque, admiro su ideal humanitario y siento el acíbar de no poder compartir tan consolador optimismo. ¡Es mi tragedia de gobernante! Usted, criollo de la mejor prosapia, reniega del criollismo. Yo, en cambio, indio por las cuatro ramas, descreo de las virtudes y capacidades de mi raza. Usted se me representa como un iluminado, su fe en los destinos de la familia indígena me rememora al Padre Las Casas. Quiere usted aventar las sombras que han echado sobre el alma del indio trescientos años del régimen colonial. ¡Admirable propósito! Que usted lo consiga es el mayor deseo de Santos Banderas. Don Roque, pasadas las actuales circunstancias, vénzame, aniquíleme, muéstreme con una victoria —que seré el primero en celebrar— todas las dormidas potencialidades de mi raza. Su triunfo, apartada mi derrota ocasional, sería el triunfo de la gravitación permanente del indio en los destinos de la Historia Patria. Don Roque, active su propaganda, logre el milagro, dentro de las leyes, y crea que seré el primero en celebrarlo. Don Roque, le agradezco que me haya escuchado y le ruego que me puntualice sus objeciones con toda la franqueza. No quiero que ahora se comprometa con una palabra que acaso luego no pudiera cumplir. Consulte a los conspicuos de su facción y ofrézcales el ramo de oliva en nombre de Santos Banderas.

Don Roque le miraba con honrada y apacible expresión, tan ingenua que descubría las sospechas del ánimo:

—¡Una tregua!

—Una tregua. La unión sagrada. Don Roque, salvemos la independencia de la Patria.

Tirano Banderas abría los brazos con patético gesto. Llegaba, cortado en ráfagas, el choteo de los compadritos, que en el fondo crepuscular de la campa se divertían con befas y chuelas al Licenciado Veguillas.

V

Don Roque, trotando por el camino, saludaba de lejos con el pañuelo. Niño Santos, asomado a la talanquera, respondía con la castora. Caballo y jinete ya iban ocultos por los altos maizales, y aún sobresalía el brazo con el blanco saludo del pañuelo:

—¡Chac! ¡Chac! ¡Una paloma!

La momia alargaba humorística el veneno de su mueca y miraba a la vieja rabona, que en los círculos del ruedo, entre el anafre del café y el metate de las tortillas, pasaba las cuentas del rosario, sobrecogida, estremecida en el terror de una noche sagrada. Se alzó a una seña del Tirano:

—Mi Generalito, los enredos del mundo meten al más santo en las calderas del Infierno.

—Mi vieja, vos tendrés que amputar la nariz de Cleopatra.

—Si con ello arreglase el mundo, ñata me quedaba esta noche mesma.

—Un zafarrancho de cuatro copas en vuestra mesilla, ha sacado una baza de Lucifer. ¡Vea, no más, a este filarmónico amigo en desgracia, acusado de traición! ¡Posiblemente le caerá sentencia de muerte!

—¿Y la culpa de mi tajamar?

—Ese problema se lo habrán de proponer los futuros historiadores. Licenciado Veguillas, despídase de la vieja rabona y otórguele su perdón: Manifieste su ánimo generoso: Revístase la clámide, y asombre a estos amigos que le ven chuela, con un gesto magnánimo.

—¡Juvenal y Quevedo!

La momia miró al gachupín con avinagrado sarcasmo:

—Ilustre Don Celestino, usted ocasionará que me saquen alguna chufla. Ni Quevedo ni Juvenal: Santos Banderas: Una figura en el continente del Sur. ¡Chac! ¡Chac!

LIBRO SEGUNDO

LA TERRAZA DEL CLUB

I

El Doctor Carlos Esparza, Ministro del Uruguay, oía con gesto burlón y mundano las confidencias de su caro colega el Doctor Aníbal Roncali, Ministro del Ecuador. Cenaban en el Círculo de Armas:

—Me ha creado una situación enojosa el Barón de Benicarlés. Digá vos, no más, que tengo muy brillantes ejecutorias de macho para temer murmuraciones, pero no dejan de ser molestas esas actitudes del Ministro de España. ¡Qué sonrisas! ¡Qué miradas, amigo!

—¡Ché! Una pasión.

El Doctor Esparza, calvo, miope, elegante, se incrustaba en la órbita el monóculo de concha rubia. El Doctor Aníbal Roncali le miró entre quejoso y risueño:

—Vos estás de chirigota.

El Ministro del Uruguay se disculpó con un aspaviento burlón:

—Aníbal, te veo próximo a dejar la capa entre las manos del Barón de Benicarlés. ¡Y eso puede aparejar un conflicto diplomático, y hasta una reclamación de la Madre Patria!

El Ministro del Ecuador hizo un gesto de impaciencia, acentuado por el revuelo de los rizos:

—¡Sigue el choteo!

—¿Qué pensás vos hacer?

—No lo sé.

—¿Sin duda no aceptar el puesto de secretario para colaborar en la gran empresa que tan elocuentemente tenés vos expuesto esta noche?

—Indudablemente.

—¡Por una meticulosidad!...

—No jugués vos del vocablo.

—Sin juego. Repito que no te asiste razón suficiente para malograr una aproximación de tan lindas esperanzas. El águila y los aguiluchos que abren las juveniles alas para el heroico vuelo. ¡Has estado muy feliz! ¡Eres un gran lírico!

—No me veás vos chuela, Doctorcito.

—¡Lírico, sentimental, sensitivo, sensible, exclamaba el Cisne de Nicaragua! Por eso no lográs vos separar la actuación diplomática y el flirt del Ministro de España.

—Hablemos en serio, Doctorcito. ¿Qué opinión te merece la iniciativa de Sir Jonnes?

—Es un primer avance.

—¿Y qué ulteriores consecuencias le asignás vos a la Nota?

—¡Qui lo sá! La Nota puede ser precursora de otras Notas... Ello depende de la actitud que adopte el Presidente. Sir Jonnes, tan cordial, tan evangélico, sólo persigue una indemnización de veinte millones para la West Company Limited. Una vez más, el florido ramillete de los sentimientos humanitarios esconde un áspid.

—La Nota, indudablemente, es un sondeo. Pero ¿cómo opinás vos respecto a la actitud del General? ¿Acordará el Gobierno satisfacer la indemnización?

—Nuestra América sigue siendo, desgraciadamente, una

Colonia Europea... Pero el Gobierno de Santa Fe, en esta ocasión, posiblemente no se dejará coaccionar: Sabe que el ideario de los revolucionarios está en pugna con los monopolios de las Compañías. Tirano Banderas no morirá de cornada diplomática. Se unen para sostenerlo los egoísmos del criollaje, dueño de la tierra, y las finanzas extranjeras. El Gobierno, llegado el caso, podría negar las indemnizaciones, seguro de que los radicalismos revolucionarios en ningún momento merecerán el apoyo de las Cancillerías. Cierto que la emancipación del indio debemos enfocarla como un hecho fatal. No es cuerdo cerrar los ojos a esa realidad. Pero reconocer la fatalidad de un hecho, no apareja su inminencia. Fatal es la muerte, y toda nuestra vida se construye en un esfuerzo para alejarla. El Cuerpo Diplomático actúa razonablemente, defendiendo la existencia de los viejos organismos políticos que declinan. Nosotros somos las muletas de esos valetudinarios crónicos, valetudinarios como aquellos éticos antiguos, que no acaban de morirse.

La brisa ondulaba los estores, y el azul telón de la marina se mostraba en un lejos de sombras profundas, encendido de opalinos faros y luces de masteleros.

II

Humeando los tabacos salieron a la terraza los Ministros del Ecuador y del Uruguay. El Ministro del Japón, Tu-Lag-Thi, al verlos, se incorporó en su mecedora de bambú, con un saludo falso y amable, de diplomacia oriental: Saboreaba el moka y tenía las gafas de oro abiertas sobre un periódico inglés. Se acercaron los Ministros Latino-Americanos. Zalemas, sonrisas, empaque farsero, cabezadas de rigodón, apretones de mano, cháchara francesa. El criado, mulato tilingo, atento a los movimientos de la diplomacia, arrastraba dos mecedoras. El Doctor Roncali, agitando los rizos, se lanzó en un arrebato oratorio, cantando la belleza de la noche, de la luna y del mar. Tu-Lag-Thi, Ministro del Japón, atendía con su oscura mueca premiosa, los labios como dos viras moradas recogidas sobre la albura de los dientes, los ojos oblicuos, recelosos, malignos. El Doctor Esparza insinuó, curioso de novelerías exóticas:

—¡En el Japón, las noches deben ser admirables!

—¡Oh!... ¡Ciertamente! ¡Y esta noche no está falta de *cachet* japonés!

Tu-Lag-Thi tenía la voz flaca, de pianillos desvencijados, y una movilidad rígida de muñeco automático, un accionar esquinado de resorte, una vida interior de alambre en espiral: Sonreía con su mueca amanerada y oscura:

—Queridos colegas, anteriormente no he podido solicitar la opinión de ustedes. ¿Qué importancia conceden ustedes a la Nota?

—¡Es un primer paso!...

El Doctor Esparza daba intención a sus palabras con una sonrisa ambigua, llena de reservas. Insistió el Ministro del Japón:

—Todos lo hemos entendido así. Indudablemente. Un primer paso. ¿Pero cuáles serán los pasos sucesivos? ¿No se romperá el acuerdo del Cuerpo Diplomático? ¿Adónde vamos? El Ministro inglés actúa bajo el imperativo de sus sentimientos humanitarios, pero este generoso impulso acaso se vea cohibido. Las Colonias Extranjeras, sin exclusión de ninguna, representan intereses poco simpatizantes con el ideario de la Revolución. La Colonia Española, tan numerosa, tan influyente, tan vinculada con el criollaje en sus actividades, en sus sentimientos, en su visión de los problemas sociales, es francamente hostil a la reforma agraria, contenida en el Plan de Zamalpoa. En estos momentos —son mis informes— proyecta un acto que sintetice y afirme sus afinidades con el Gobierno de la República. ¿No ocurrirá que se vea desasistido en su humanitaria actuación el Honorable Sir Scott?

Guiñaba los ojos con miopía inteligente y maliciosa el Doctor Carlos Esparza:

—Querido colega, convengamos en que las relaciones diplomáticas no pueden regirse por las claras normas del Evangelio.

Tu-Lag-Thi repuso con flébiles maullidos:

—El Japón supedita intereses de sus naturales, aquí radicados, a los principios del Derecho de Gentes. Pero en el camino de las confidencias, y aun de las indiscreciones, no he de ocultar mis pesimismos respecto al apoyo moral que presten algunos colegas a los laudables sentimientos del Ministro inglés. Como hombre de honor, no puedo dar crédito a las insinuaciones y malicias de ciertos rotativos, demasiado afectos al Gobierno de la República. ¡La West Company! ¡Aberrante!

La truculenta palabra final se desgarró, transformada en un chifle de eles y efes, entre la asiática y lipuda sonrisa de Tu-Lag-Thi. El Doctor Aníbal Roncali se acariciaba el bigote, y a flor de labio, con leve temblor, retocaba una frase sentimental. Se lanzó con aquel tic nervioso que agitaba eréctiles, como rabos de lagartijas, los rizos de su negra cabellera:

—El Doctor Banderas no puede ordenar el cierre de los expendios de bebidas. Si tal hiciese, sobrevendría un motín de la plebe. ¡Estas ferias son las bacanales del cholo y del roto!

III

Llegaban ecos de la verbena. Bailaban en ringla las cuerdas de farolillos, a lo largo de la calle. Al final giraba la rueda de un tiovivo. Su grito luminoso, histérico, estridente, hipnotizaba a los gatos sobre el borde de los aleros. La calle tenía súbitos guiños, concertados con el rumor y los ejercicios acrobáticos del viento en las cuerdas de farolillos. A lo lejos, sobre la bruma de estrellas, calcaba el negro perfil de su arquitectura San Martín de los Mostenses.

LIBRO TERCERO

PASO DE BUFONES

I

Tirano Banderas, en la ventana, apuntaba su catalejo sobre la ciudad de Santa Fe:

—¡Están de gusto las luminarias! ¡Pero que muy lindas, amigos!

La rueda de compadres y valedores rodeaba el catalejo y la escalerilla astrológica con la mueca verde encaramada en el pináculo:

—No puede negársele al pueblo pan y circo. ¡Están pero que muy lindas las luminarias!

De Santa Mónica, el viento del mar traía los opacos estampidos de una fusilada:

—¡El pueblo, libre de propagandas funestas, es bueno! ¡Y el rigor muy saludable!

La trinca de compadritos, abierta en círculo, tenía la atención pendiente del Tirano.

II

Tirano Banderas dejó su pináculo, y metiéndose en el círculo de valedores y compadres, sacó de una oreja al Licenciado Veguillas:

—Vamos a oír por última vez su concierto batracio. ¿Cómo tiene la gola? ¿Quiere aclararse la voz con algún gargarismo?

En torno, adulando la befa, reía la trinca, asustada, complaciente y ramplona. Aleló Nachito:

—¿Qué limpieza de notas se le puede pedir a un presunto cadáver?

—Hace mal rehusando amansar con la música a sus jueces. Señores, este amigo entrañable aparece como reo de traición, y de no haberse descubierto su complicidad, pudo fregarles a todos ustedes. Recordarán cómo en la noche de ayer, actuando en el seno de la confianza, les declaré el propósito justiciero en que estaba con respecto a las subversiones del Coronel Domiciano de la Gándara. Fuera de este recinto han sido divulgadas las palabras que profirió en el seno de la amistad Santos Banderas. Ustedes van a instruirme, en cuanto a la pena que corresponde a este divulgador de mis secretos. Han sido citados los testigos de su defensa, y si lo autorizan, se les hará comparecer y oirán sus descargos. Según tiene manifestado, una mundana con sonambulismo le adivinó el pensamiento. Con antelación, esta niña había estado sometida a los pases magnéticos de un cierto Doctor Polaco. ¡Estamos en un folletín de Alejandro Dumas! Ese Doctor que magnetiza y desenvuelve la visión profética en las niñas de los congales, es un descendiente venido a menos de José Balsamo. ¿Se recuerdan ustedes la novela? Un folletín muy interesante. ¡Lo estamos viviendo! ¡El Licenciadito Veguillas, observen no más, émulo del genial mulato! Merito va a decirnos adónde emigraba en compañía del rebelde Coronel Domiciano de la Gándara.

Hipaba Nachito:

—Pues no más que salíamos platicando de un establecimiento.

—¿Los dos briagos?

—¡Patroncito, dimanante de las ferias, es una pura farra toda Santa Fe! Pues no más aquel macaneador, tal como íbamos platicando, da una espantada y se mete por una puerta. Merito merito la abría un encamisado. Y en el atolondro, yo metí detrás las orejas como un guanaco.

—¿Puede manifestarnos el establecimiento donde se habían juntado para la farra?

—Mi Generalito, no me sonroje, que es un lugar muy profano para nombrarlo en esta Sala de Audiencia. Ante su noble figura patricia, mi cara se cubre de vergüenza.

—Conteste a la pregunta. ¿En qué crápula se halló con el Coronel de la Gándara, y qué confidencias tuvieron en este presunto lugar? Licenciadito, usted conocía la orden de arresto, y con alguna palabra pronunciada durante la embriaguez puso en sospecha al fugado.

—¿Mi lealtad de tantos años, no me acredita?

—Pudo ser un acto irreflexivo, pero el estado de alcoholismo no es atenuante en el Tribunal de Santos Banderas. Usted es un briago que se pasa las noches de farra en los lenocinios. Sepa que todos sus pasos los conoce Santos Banderas. Le antepongo que solamente con la verdad podrá desenojarme. Licenciadito, quiero tenderle una mano y sacarle de la ciénaga donde cornea atorado, porque el delito de traición apareja una penalidad muy severa en nuestros Códigos.

—Señor Presidente, hay enredos en la vida que sobrecogen y hacen cavilar, enredos que son una novela. La noche de autos he visitado a una gatita que lee los pensamientos.

—¿Y una gatita con tanta ciencia está en un lenocinio para que usted la festeje?

—Pues la pasada noche así sucedió en lo de Cucarachita. Quiero declararlo todo y desahogar mi conciencia. Estábamos los dos pecando. ¡Noche de Difuntos era la de ayer, Generalito! Valedores, por mi honor lo garanto, aquella morocha tenía un cirio bendito desvelándole los misterios. ¡Leía los pensamientos!

—Licenciadito, ésas son quimeras alcohólicas, pues la pasada noche se hallaba usted totalmente briago cuando entró con la chinita. Me ha sido usted traidor, divulgando mis secretos en vitando comercio con una mundana, y por primera providencia, para templar esa carne tan ardorosa, le está indicado el cepo. Licenciadito, reléguese a un rincón, arrodíllese y procure elevar el pensamiento al Ser Supremo. Estos amigos dilectos van a juzgarle, y de sus deliberaciones puede salirle una sentencia de muerte. Licenciadito, van a comparecer los testigos que ha nominado en su defensa, y si le favorecen sus declaraciones, será para mí de sumo beneplácito. Señor Coronel López de Salamanca, luego luego ejecute las diligencias para que acudan a esclarecernos la niña mundana y el Doctor Polaco.

III

El Coronel Licenciado López de Salamanca, arrestándose a un canto de la puerta, hizo entrar al Doctor Polaco. Detrás, pisando de puntas, asomó Lupita la Romántica. El Doctor Polaco, alto, patilludo, gran frente, melena de sabio, vestía de fraque con dos bandas al pecho y una roseta en la solapa. Saludó con una curvatura pomposa y escenográfica, colocándose la chistera bajo el brazo:

—Presento mis homenajes al Supremo Dignatario de la República. Michaelis Lugín, Doctor por la Universidad del Cairo, iniciado en la Ciencia Secreta de los Brahmanes de Bengala.

—¿Profesa usted las doctrinas de Allán Kardec?

—Soy no más un modesto discípulo de Mesmer. El espiritismo allankardiano es una corruptela pueril de la antigua nigromancia. Las evocaciones de los muertos se hallan en los papiros egipcios y en los ladrillos caldeos. La palabra con que son designados estos fenómenos se forma de dos griegas.

—¡Este Doctorcito se expresa muy doctoralmente! ¿Y ganás vos la plata con el título de Profeta del Cairo?

—Señor Presidente, mi mérito, si alguno tengo, no está en ganar plata y amontonar riquezas. He recibido la misión de difundir las Doctrinas Teosóficas y preparar al pueblo para una próxima era de milagros. El Nuevo Cristo arrastra su sombra por los caminos del Planeta.

—¿Reconoce haber dormido a esta niña con pases magnéticos?

—Reconozco haber realizado algunas experiencias. Es un sujeto muy remarcable.

—Puntualice cada una.

—El Señor Presidente, si lo desea, puede ver el programa de mis experiencias en los Coliseos y Centros Académicos de San Petersburgo, Viena, Nápoles, Berlín, París, Londres, Lisboa, Río Janeiro. Últimamente se han discutido mis teorías sobre el karma y la sugestión biomagnética en la gran Prensa de Chicago y Filadelfia. El Club Habanero de la Estrella Teosófica me ha conferido el título de Hermano Perfecto. La Emperatriz de Austria me honra frecuentemente consultándome el sentido de sus sueños. Poseo secretos que no revelaré jamás. El Presidente de la República Francesa y el Rey de Prusia han querido sobornarme durante mi actuación en aquellas capitales. ¡Inútilmente! El Sendero Teosófico enseña el menosprecio de honores y riquezas. Si se me autoriza, pondré mis álbumes de fotografías y recortes a las órdenes del Señor Presidente.

—¿Y cómo doctorándose en tan austeras doctrinas, y con tan alto grado en la iniciación teosófica, corre la farra por los lenocinios? Sírvase iluminarnos con su ciencia y justificar la aparente aberración de esa conducta.

—Permítame el Señor Presidente que solicite el testimonio de la Señorita Médium. Señorita, venciendo el natural rubor, manifieste a los señores si ha mediado concupiscencia. Señor Presidente, el interés científico de las experiencias biomagnéticas, sin otras derivaciones, ha sido norma de mi actuación. He visitado ese lugar porque me habían hablado de esta Señorita. Deseaba conocerla y, si era posible, trascender su vida a otro círculo más perfecto. ¿Señorita, no le propuse a usted redimirla?

—¿Pagarme la deuda? El que toda la noche no paró con esa sonsera fue el Licenciado.

—¡Señorita Guadalupe, recuerde usted que como un padre la he propuesto acompañarme en la peregrinación por el Sendero!

—¡Sacarme en los teatros!

—Mostrar a los públicos incrédulos los ocultos poderes demiúrgicos que duermen en el barro humano. Usted me ha rechazado, y he tenido que retirarme con el dolor de mi fracaso. Señor Presidente, creo haber disipado toda sospecha referente a la pureza de mis acciones. En Europa, los más relevantes hombres de ciencia estudian estos casos. El Mesmerismo tiene hoy su mayor desenvolvimiento en las Universidades de Alemania.

—Va usted a servirse repetir, punto por punto, las experiencias que la pasada noche realizó con esa niña.

—El Señor Presidente me tiene a sus órdenes. Repito que puedo ofrecerle un programa selecto de experiencias similares.

—Esa niña, en atención a su sexo, será primeramente interrogada. El Licenciado Veguillas tiene manifestado como evidente que en determinada circunstancia le fue sustraído el pensamiento por los influjos magnéticos de la interfecta.

La niña del trato bajaba los ojos a las falsas pedrerías de sus manos:

—A tener esos poderes, no me vería esclava de un débito con la Cucaracha. Licenciadito, vos lo sabés.

—Lupita, para mí has sido una serpiente biomagnética.

—¡Que así me acusés vos, con todito que os di el amoniaco!

—Lupita, reconoce que estabas la noche pasada con un histerismo magnético. Tú me leíste el pensamiento cuando alborotaba en el baile aquel macaneador de Domiciano. Tú le diste el santo para que se volase.

—¡Licenciado, si estaban los dos ustedes puritos briagos! Yo quise no más verlos fuera de la recámara.

—Lupita, en aquella hora tú me adivinaste lo que yo pensaba. Lupita, tú tienes comercio con los espíritus. ¿Negarás que te has revelado médium cuando te durmió el Doctor Polaco?

—Efectivamente, esta Señorita es un caso muy remarcable de lucidez magnética. Para que la distinguida concurrencia pueda apreciar mejor los fenómenos, la Señorita Médium ocupará una silla en el centro, bajo el lampadario. Señorita Médium, usted me hará el honor.

La tomó de la mano y, ceremonioso, la sacó al centro de la sala. La niña, muy honesta, con pisar de puntas y los ojos en tierra, apenas apoyaba el teclado de las uñas suspendida en el guante blanco del Doctor Polaco.

—¡Chac! ¡Chac!

IV

Tenía una verde senectud la mueca humorística de la momia indiana. El Doctor Polaco sacó del fraque la vara mágica, forjada de siete metales, y con ella tocó los párpados de Lupita: Finalizó con una gran cortesía, saludando con la vara mágica. Entre suspiros, enajenóse la daifa. Veguillas, arrodillado en un rincón, esperaba el milagro: Iba a resplandecer la luz de su inocencia: Lupita y el farandul le apasionaban en aquel momento con un encanto de folletín sagrado: Oscuramente, de aquellos misterios, esperaba volver a la gracia del Tirano. Se estremeció. La mueca verde mordía la herrumbre del silencio:

—¡Chac! ¡Chac! Va usted a servirse repetir, punto por punto, como creo haberle indicado, las experiencias que la noche de ayer realizó con la niña de autos.

—Señor Presidente, tres formas adscritas al tiempo adopta la visión telepática: Pasado, Actual, Futuro. Este triple fenómeno rara vez se completa en un médium. Aparece disperso. En la Señorita Guadalupe, la potencialidad telepática no alcanza fuera del círculo del Presente. Pasado y Venidero son para ella puertas selladas. Y dentro del fenómeno de su visión telepática, el ayer más próximo es un remoto pretérito. Esta Señorita está imposibilitada, absolutamente, para repetir una anterior experiencia. ¡Absolutamente! Esta Señorita es un médium poco desenvuelto: ¡Un diamante sin lapidario! El Señor Presidente me tiene a sus órdenes para ofrecerle un programa selecto de experiencias similares, en lo posible.

La acerba mueca llenaba de arrugas la máscara del Tirano:

—Señor Doctor, no se raje para dar satisfacción al deseo que le tengo manifestado. Quiero que una por una repita todas las experiencias de anoche en el lenocinio.

—Señor Presidente, sólo puedo repetir experimentos parejos. La Señorita Médium no logra la mirada retrospectiva. Es una vidente muy limitada. Puede llegar a leer el pensamiento, presenciar un suceso lejano, adivinar un número en el cual se sirva pensar el Señor Presidente.

—¿Y con tantos méritos de perro sabio se prostituye en una casa de trato?

—La gran neurosis histérica de la ciencia moderna podría explicarlo. Señorita, el Señor Presidente se dignará elegir un número con el pensamiento. Va usted a tomarle la mano y a decirlo en voz alta, que todos lo oigamos. Voz alta y muy clara, Señorita Médium.

—¡Siete!

—Como siete puñales. ¡Chac! ¡Chac!

Gimió en su destierro Nachito:

—¡Con ese juego ilusorio me adivinaste ayer el pensamiento!

Tirano Banderas se volvió, avinagrado y humorístico:

—¿Por qué visita los malos lugares, mi viejo?

—Patroncito, hasta en música está puesto que el hombre es frágil.

El Tirano, recogiéndose en su gesto soturno, clavó los ojos con suspicaz insistencia en la pendejuela del trato. Desmayada en la silla, se le soltaban los peines y el moño se le desbarata en una cobra negra. Tirano Banderas se metió en la rueda de compadres:

—De chamacos hemos visto estos milagros por dos reales. Tantos diplomas, tantas bandas y tan poca suficiencia. Se me está usted antojando un impostor, y voy a dar órdenes para que le afeiten en seco la melena de sabio alemán. No tiene usted derecho a llevarla.

—Señor Presidente, soy un extranjero acogido en su exilio bajo la bandera de esta noble República. Enseño la verdad al pueblo, y le aparto del positivismo materialista. Con mis cortas experiencias, adquiere el proletariado la noción tangible de un mundo sobrenatural. ¡La vida del pueblo se ennoblece cuando se inclina sobre el abismo del misterio!

—¡Don Cruz! Por lo lindo que platica le harés, no más, la rasura de media cabeza.

El Tirano remegía su mueca con avinagrado humorismo, mirando al fámulo rapista, que le presentaba un bodrio peludo, suspendido en el prieto racimo de los dedos:

—¡Es peluca, patrón!

V

La niña del trato se despertaba suspirante, salía a las fronteras del mundo con lívido pasmo, y en el pináculo de la escalerilla, la momia indiana apuntaba su catalejo sobre la ciudad. El guiño desorbitado de las luminarias brizaba clamorosos tumultos de pólvoras, incendios y campanas, con apremiantes toques de cornetas militares:

—¡Chac! ¡Chac! ¡Zafarrancho tenemos! Don Cruz, andate a disponerme los arreos militares.

El guaita de la torre ha desclavado su bayoneta de la luna, y dispara el fusil en la oscuridad poblada de alarmas. El reloj de Catedral difunde la rueda sonora de sus doce campanadas, y sobre la escalerilla dicta órdenes el Tirano:

—Mayor del Valle, tome usted algunos hombres, explore el campo y observe por qué cuarteles se ha pronunciado el tiroteo.

Cuando el Mayor del Valle salía por la puerta, entraba el fámulo, que abiertos los brazos, con pinturera morisqueta, portaba en bandeja el uniforme, cruzado con la matona de su Generalito Banderas. Se han dado de bruces, y rueda estruendosa la matona. El Tirano, chillón y colérico, encismado, batió con el pie, haciendo temblar escalerilla y catalejo:

—¡Sofregados, ninguno la mueva! ¡Vaya un augurio! ¿Qué enigma descifra usted, Señor Doctor Mágico?

El farandul, con nitidez estática, vio la sala iluminada, el susto de los rostros, la torva superstición del Tirano. Saludó:

—En estas circunstancias, no me es posible formular un oráculo.

—¿Y esta joven honesta, que otras veces ha mostrado tan buena vista, no puede darnos referencia, en cuanto al tumulto de Santa Fe? Señor Doctor, sírvase usted dormir e interrogar a la Señorita Médium. Yo paso a vestirme el uniforme. ¡Que ninguno toque mi espada!

Un levantado son de armas rodaba por los claustros luneros, retenes de tropas acudían a redoblar las guardias. La morocha del trato suspira bajo los pases magnéticos del pelón farandul, vuelto el blanco de los ojos sobre el misterio:

—¿Qué ve usted, Señorita Médium?

VI

El reloj de Catedral enmudece. Aún quedan en el aire las doce campanadas, y espantan la cresta los gallos de las veletas. Se consultan sobre los tejados los gatos y asoman por las guardillas bultos en camisa. Se ha vuelto loco el esquilón de las Madres. Por el Arquillo cornea una punta de toros y los cabestros, en fuga, tolondrean la cencerra. Estampidos de pólvora. Militares toques de cornetas. Un tropel de monjas pelonas y encamisadas acude con voces y devociones a la profanada puerta del convento. Por remotos rumbos ráfagas de tiroteos. Revueltos caballos. Tumultos con asustados clamores. Contrarias mareas del gentío. Los tigres, escapados de sus jaulones, rampan con encendidos ojos por los esquinales de las casas. Por un terradillo blanco de luna, dos sombras fugitivas arrastran un piano negro. A su espalda, la bocana del escotillón vierte borbotones de humo entre lenguas rojas. Con las ropas incendiadas, las dos sombras, cogidas de la mano, van en un correr por el brocal del terradillo, se arrojan a la calle cogidas de la mano. Y la luna, puesta la venda de una nube, juega con las estrellas a la gallina ciega, sobre la revolucionada Santa Fe de Tierra Firme.

VII

Lupita la Romántica suspira en el trance magnético, con el blanco de los ojos siempre vuelto sobre el misterio.

EPÍLOGO

I

—¡Chac! ¡Chac!

El Tirano, cauto, receloso, vigila las defensas, manda construir fajinas y parapetos, recorre baluartes y trincheras, dicta órdenes:

—¡Chac! ¡Chac!

Encorajinándose con el poco ánimo que mostraban las guerrillas, jura castigos muy severos a los cobardes y traidores: Le contraría fallarse de su primer propósito que había sido caer sobre la ciudad revolucionada y ejemplarizarla con un castigo sangriento. Rodeado de sus ayudantes, con taciturno despecho, se retira del frente luego de arengar a las compañías veteranas, de avanzada en el Campo de la Ranita:

—¡Chac! ¡Chac!

II

Antes del alba se vio cercado por las partidas revolucionarias y los batallones sublevados en los cuarteles de Santa Fe. Para estudiar la positura y maniobra de los asaltantes subió a la torre sin campanas: El enemigo, en difusas líneas, por los caminos crepusculares, descubría un buen orden militar: Aún no estrechaba el cerco, prove-

yendo a los aproches con paralelas y trincheras. Advertido del peligro, extremaba su mueca verde Tirano Banderas. Dos mujerucas raposas cavaban con las manos en
torno del indio soterrado hasta los ijares en la campa del
convento:

—¡Ya me dan por caído esas comadritas! ¿Qué hacés
vos, centinela pendejo?

El centinela apuntó despacio:

—Están mal puestas para enfilarlas.

—¡Ponle al cabrón una bala y que se repartan la cuera!

Disparó el centinela, y suscitóse un tiroteo en toda la
línea de avanzadas. Las dos mujerucas quedaron caídas
en rebujo, a los flancos del indio, entre los humos de la
pólvora, en el aterrorizado silencio que sobrevino tras la
ráfaga de plomo. Y el indio, con un agujero en la cabeza,
agita los brazos, despidiendo a las últimas estrellas. El Generalito:

—¡Chac! ¡Chac!

III

En la primera acometida se desertaron los soldados de
una avanzada, y desde la torre fue visto del Tirano:

—¡Puta madre! ¡Bien sabía yo que al tiempo de mayor
necesidad habíais de rajaros! ¡Don Cruz, tú vas a salir
profeta!

Eran tales dichos porque el fámulo rapabarbas le so-
plaba frecuentemente en la oreja cuentos de traiciones. A
todo esto no dejaban de tirotearse las vanguardias, atentos los insurgentes a estrechar el cerco para estorbar cualquier intento de salida por parte de los sitiados. Habían
dispuesto cañones en batería, pero antes de abrir el fuego,
salió de las filas, sobre un buen caballo, el Coronelito de
la Gándara. Y corriendo el campo a riesgo de su vida, daba

voces intimando la rendición. Injuriábale desde la torre el Tirano:

—¡Bucanero cabrón, he de hacerte fusilar por la espalda!

Sacando la cabeza sobre los soldados alineados al pie de la torre, les dio orden de hacer fuego. Obedecieron, pero apuntando tan alto, que se veía la intención de no causar bajas:

—¡A las estrellas tiráis, hijos de la chingada!

En esto, dando una arremetida más larga de lo que cuadraba a la defensa, se pasó al campo enemigo el Mayor del Valle. Gritó el Tirano:

—¡Sólo cuervos he criado!

Y dictando órdenes para que todas las tropas se encerrasen en el convento, dejó la torre. Pidió al rapabarbas la lista de sospechosos, y mandó colgar a quince, intentando con aquel escarmiento contener las deserciones:

—¡Piensa Dios que cuatro pendejos van a ponerme la ceniza en la frente! ¡Pues engañado está conmigo!

Hacía cuenta de resistir todo el día, y al amparo de la noche intentar una salida.

IV

Mediada la mañana, habían iniciado el fuego de cañón las partidas rebeldes, y en poco tiempo abrieron brecha para el asalto. Tirano Banderas intentó cubrir el portillo, pero las tropas se le desertaban, y tuvo que volver a encerrarse en sus cuarteles. Entonces, juzgándose perdido, mirándose sin otra compañía que la del fámulo rapabarbas, se quitó el cinto de las pistolas, y salivando venenosos verdes, se lo entregó:

—¡El Licenciadito concertista, será oportuno que nos acompañe en el viaje a los infiernos!

Sin alterar su paso de rata fisgona, subió a la recámara donde se recluía la hija. Al abrir la puerta oyó las voces adementadas:

—¡Hija mía, no habés vos servido para casada y gran señora, como pensaba este pecador que horita se ve en el trance de quitarte la vida que te dio hace veinte años! ¡No es justo quedés en el mundo para que te gocen los enemigos de tu padre, y te baldonen llamándote hija del chingado Banderas!

Oyendo tal, suplicaban despavoridas las mucamas que tenían a la loca en custodia. Tirano Banderas las golpeó en la cara:

—¡So chingadas! Si os dejo con vida, es porque habés de amortajármela como un ángel.

Sacó del pecho un puñal, tomó a la hija de los cabellos para asegurarla, y cerró los ojos. Un memorial de los rebeldes dice que la cosió con quince puñaladas.

V

Tirano Banderas salió a la ventana, blandiendo el puñal, y cayó acribillado. Su cabeza, befada por sentencia, estuvo tres días puesta sobre un cadalso con hopas amarillas, en la Plaza de Armas: El mismo auto mandaba hacer cuartos el tronco y repartirlos de frontera a frontera, de mar a mar. Zamalpoa y Nueva Cartagena, Puerto Colorado y Santa Rosa del Titipay, fueron las ciudades agraciadas.

GLOSARIO

abarrotero: «vendedor de abarrotes».

abarrotes: «establecimiento donde se venden comestibles y otros artículos».

acordar: «resolver, determinar algo entre varios, previa discusión o deliberación»; «conceder, otorgar».

achamizada: «agachada, encogida, simuladora de humildad».

achantar: «callarse, esconderse, abstenerse de algo por miedo o cautela».

albahacón: «albahaca, planta».

alicantina: «trampa, astucia, manía, conversación inútil».

ameritado: «lleno de méritos, valioso, inteligente, con valores».

ándele: Interjección para dar ánimo, exhortar, incitar, dar prisa. Utilizada en México muy frecuentemente. También funciona como salutación, casi un rictus.

apendejarse: «hacerse pendejo, caer en marrullerías, en malas artes».

arrecadar: véase **recadar**.

arregaño: «regaño, gesto».

arrendarse: «volverse, tornar, apartarse»; «cobijarse, arrimarse, sujetarse».

arrestarse: «pararse, detenerse».

arrugarse: «acobardarse».

asombrar: «asustar».

Atle, Doctor: Bajo este nombre Valle-Inclán recuerda a Gerardo Murillo, pintor y escritor afamado, nacido en Jalisco en 1875. Murillo empleó como seudónimo *Doctor Atl* (no *Atle,* como dice Valle).

atorrante: «haragán, mal educado, persona que vive fuera de las normas». Voz rioplatense, chilena y boliviana.

atribulo: «tribulación».

aura: «ave de rapiña diurna, que en México llaman zopilote».

azoguejo: «plazuela, lugar donde está el comercio y se hace la vida pública».

balacear, balear: «herir, matar a balazos».

balasera: «tiroteo».

bandó: «cada uno de los dos grupos de cabellos, que caían sobre los lados de la cabeza».

banqueta: «acera». Voz de Guatemala y México.

baqueano: «entendido, experto, conocedor, diestro».

bateo: «golpeteo de las pelotas con el bate o maza».

bochinche: «taberna, tenderete, pulpería». Por lo general, de aspecto pobretón.

bola: «reunión de gente, con tumulto y ruido».

boladillo: «azucarillo».

boleador: «experto en el manejo de las boleadoras».

boleadora: «útil para abatir reses y apresarlas». Son dos o tres bolas de piedra, forradas de cuero y sujetas a una anilla por medio de cuerdas. Tiradas desde lejos, se enredan en las patas del animal, que cae y puede ser apresado.

bolear: «apresar una caballería con las boleadoras». Voz típicamente pampeana y de la América meridional.

boleto: «billete, entrada para algún espectáculo, billete del ferrocarril, etc.».

bolichada: de boliche, «lugar donde se juega a los bolos, taberna».

boliche: «establecimiento de bebidas, comestibles, etc., de poca importancia». Voz rioplatense, chilena y peruana.

bolina: «alboroto, bulla, pendencia».

bolívar: Moneda nacional venezolana.

boliviano: «unidad monetaria de Bolivia, de plata».

boluca: «tumulto, gente arremolinada y ruidosa».

bombón: «grueso, inflado, presuntuoso».

botarga: «barriga, panza abultada, de gran tamaño».

bravío: «fiereza, bravura, nerviosidad».

briago: «borracho». Mexicanismo.

bruja: «petardista, pobre, desharrapado». **Estar bruja:** «sin un céntimo».

buja: Regresión de bujarrón, «sodomita, homosexual».

caballerango: «mozo de estribo, cuidador de caballos». Mexicanismo.

cabroncito: «muchachito, jovenzuelo».

cachete: «puntilla, cuchillo corto y fuerte». **Dar cachete:** «matar, dar la puntilla».

calde: «calurosamente, entusiastamente».

campa: «terreno que rodea al convento, la porción de tierra que le pertenece».

candil: «lámpara, araña, candelabro de gran tamaño e incluso lujoso».

caña sanluqueña: «vaso de forma cilíndrica o ligeramente cónica, alto y estrecho, que servía para beber vino o cerveza», vaso de manzanilla de Sanlúcar de Barrameda.

cañerlas: «cañaherla, planta umbelífera».

carcamana: «italiana». Voz rioplatense.

carente: «pobre, sin dinero».

carrero: «rastro, estela de algo».

Carulla, Padre: José Carulla y Estrada, catalán, nacido en 1839. Es el autor de la famosísima *Biblia en verso,* tantas veces citada como ejemplo de algo aburrido, largo e inútil.

Castelar, Emilio: Político, escritor y presidente de la Primera República española (1832-1899).

castora: «sombrero de copa alta». Voz andaluza y extremeña.

catear: «buscar, descubrir, practicar registro domiciliario». Voz de América Central.

catinga: «olor desagradable que despiden los indios y negros, y también algunas plantas y animales».

cazuela: «galería alta del teatro».

cebar el mate: «echar agua caliente sobre la yerba en el recipiente o bombilla».

cebolla: «reloj de bolsillo, relativamente grande».

ceceles: Creación valleinclanesca para destacar la fonética de los negros, que confunden la *r* y la *l*.

científico: Aparte de su significado, recuerda a los colaboradores de Porfirio Díaz, que preconizaban un gobierno con un programa «científico», y fueron designados así.

cimarrón: «persona o animal que huye al campo y se hace montaraz».

Cincinato, L. Quincio: Cónsul romano que, después de salvar peligrosas situaciones, renunció a la dictadura y se volvió a labrar sus tierras.

cisne de Nicaragua: Alusión al poeta Rubén Darío (1867-1916).

cocol: «panecillo en forma de rombo». Mexicanismo.

cocuyo: «insecto lepidóptero que despide luz por la noche». Voz arahuaca.

coime: «encargado de la mancebía».

colgar: «empeñar».

comaltes: Nombre inventado, que recuerda, por su fonética, otros pueblos indígenas reales.

combina: «combinación, trama, acuerdo para fines no lícitos».

compadrito: En México, tratamiento afectuoso entre amigos. En Argentina, «hombre chulo, jactancioso y de maneras afectadas».

concho: «residuo de un líquido».

conformar: «convenir una persona con otra, ser de la misma opinión o parecer».

conga: «canónica, canonigal, lo que era de los canónigos». Galleguismo.

congal: «burdel, prostíbulo». Mexicanismo.

corita: «desnuda».

cotorrona: «mujer vieja y soltera».

crápula: «persona licenciosa, viciosa, amante».

cuatro candiles, llevar o tener: «borracho, alumbrado».

cucas, de: «en cuclillas».

cuera: «piel, cuero». En algunos lugares, paliza, tunda.

Curopaitito: Nombre inventado por Valle, pero que evoca la batalla de Curupaytí (1866), que enfrentó a los paraguayos contra argentinos, brasileños y uruguayos.

cutumay: Expresión inventada por Valle para dar impresión de americanismo.

chamaco: «niño, muchachuelo».

chamanto: «especie de poncho de colores».

chance: «suerte, oportunidad, coyuntura».

chancho: «puerco, cerdo».

changüí, dar: «engañar, dar alguna ventaja para sacar provecho después».

chaparro: «bajo de estatura».

charra: «típica de México, elegante, vistosa»; «espuelas propias del charro». En México se califican así todos los adornos muy vistosos del traje.

¡ché!: Voz para llamar a una persona, característica del habla rioplatense.

cherinola: «dueña de un prostíbulo».

chicana: «ardid, embrollo».

chicanero: «que hace chicanas, que su conducta no es muy clara o sana».

chicote: «colilla, resto de un cigarro o de un puro»; «látigo».

chicotear: «azotar con el chicote o látigo, castigar».

chicha: «bebida alcohólica, extraída de la fermentación del maíz».

china: «amante o mujer criolla, por lo general entre clases humildes».

chingar: «causar daño, herir, ofender; en algunas ocasiones, fornicar».

chinita: «mujer indígena, esposa o amante».

chiromayos y chiromecas: Dos nombres falsos de tribus indias que Valle inventa.

chispón: «bebido, con brillos de alcohólico».

chivatón: Aumentativo de chivato, «pendenciero, enredador».

chivón: «majadero, machacón, estúpido». Voz antillana.

cholo: «mestizo». En México, «indio».

chotear: «burlarse».

Chucho el Roto: Famoso bandido mexicano condenado en 1882.

chuela: «broma, burla, mofa». **Ver chuela:** «tomar el pelo, burlarse». Mexicanismo.

chulita: «bonita, elegante, preciosa». Mexicanismo.

chupalla: «sombrero hecho de paja de la planta de ese mismo nombre».

delega: «delegación de policía, comisaría».

desde ya: «desde este instante, desde ahora». Expresión rioplatense.

devisar: «divisar».

Díaz, Porfirio: Famoso dictador mexicano (Oaxaca, 1830-París, 1915).

dilatar: «retrasar, aplazar, tardar».

empeñito: «casa de empeño, de préstamos».

empeño: «deuda, obligación que se tiene pendiente».

encamisado: «indio pobretón, mal vestido»; «fantasma, figura irreal e inesperada».

encadillarse: «reunirse como gozquecillos, como perros pequeños de poca edad».

enchilada: «tortilla de maíz, rellena de diversas cosas y aderezada con chile».

encuerada: «desnuda».

ensabanado: Se llama así en México al hombre del pueblo humilde que se cubría con una simple cobija o manta.

escacho: «destrozo, abundancia de cosas rotas».

espavento: «aspaviento, gesto de espanto, temeroso».

espejuelos: «gafas, lentes».

espeto: «asador, hierro rígido y en punta».

esquinal: «esquina, ángulo de una construcción». Voz regional de España.

esquitero: «estallido».

estaribel: «cárcel». Gitanismo.

Evasiones célebres: obra de F. Bernard (hay una versión en español de D. F. Corona Bustamente editada por la Librería Hachette en la colección Biblioteca de las Maravillas, París, 1872, con ilustraciones de E. Bayard) que narra la fuga de las cárceles de numerosos hombres ilustres; entre los que destacan Cellini, Enrique IV, el cardenal de Retz, Casanova... El libro satisfacía la curiosidad por esos personajes tan acordes con el trasfondo historicista de los amenes románticos y los contenidos modernistas.

Fabio Máximo: Héroe romano, cónsul varias veces, y vencedor en las guerras samnitas.

facón: «cuchillo grande».

fajina: «haz de ramas pequeñas que, mezcladas con tierra, hacen defensas, rellenan fosos; sirven de parapeto». Término militar.

fallarse: «equivocarse, frustrarse».

farandul: «farsante, cómico».

farra: «juerga, diversión, jarana que tira a cierto escándalo». Argentinismo.

fecho: «cerrojo, cerradura, cierre».

Fernando el Emplazado: Drama histórico-romántico de Manuel Bretón de los Herreros, estrenado en 1837.

ferrona: «cancela metálica, erizada de grandes púas o clavos».

fistol: «alfiler de corbata».

flirt: «galanteo, enamoramiento».

frazada: «manta».

fregado: «lleno de molestias, de inconvenientes, molesto por líos, escándalos, etc.».

fregar: «jorobar, fastidiar, causar mal, amolar».

fundo: «heredad, finca en el campo».

furbo: «taimado, astuto».

fustán: «tela de algodón con pelo». En algunos lugares, «enaguas»; «falda exterior que, levantada, cubre la cabeza, a la manera de un manto».

gachó: «hombre». Gitanismo.

gachupia: «conjunto de gachupines».

gachupín: «español que se establece en América». En México tiene valor despectivo.

gambeta: «paso de danza»; «movimiento del cuerpo para esquivar un golpe, una caída, etc.»; «movimiento ágil de un caballo u otro animal».

garantir: «garantizar».

gatería: «simulación, artimaña para sacar algo».

gauchaje: «conjunto de gauchos».

gaucho: «campesino de la Pampa», especialista en el manejo del caballo y en la ganadería. La voz, rioplatense, se emplea como símbolo de valores positivos. **Gaucho malo:** es el pendenciero, de vida solitaria y nómada. Puede llegar a ser un criminal.

gleba, siervo de la: esclavo, persona afecta a una heredad, y que no se desliga de ella al cambiar de propietario.

gorja: «gordezuela, abultada».

gringo: «extranjero». En México y algún otro país limita su significado a norteamericano, estadounidense.

guaco: «caballo».

guaina: «adolescente, joven».

guaita: «centinela, vigía».

guajolote: «pavo». Mexicanismo.

guaraches: «sandalias».

guarango: «mal educado, soez, de maneras incorrectas».

güeja: «vasija hecha con una calabaza».

guindar: «colgar, ahorcar».

guiñate: Creación de Valle sobre guiñar, hacer gestos con los ojos.

hipil: «prenda femenina sin mangas, ancha, con tejido de diversos colores, adornos o bordados». Prenda típica de Guatemala.

horita, horitita: «ahora mismo, hace un instante».

huisache, o **huizache:** «arbusto espinoso». Mexicanismo.

jacal: «choza».

jalar: «beber»; «tirar de algo, empujar, ponerse en una actividad con empeño».

jalarse: «emborracharse».

jaranillo: «sombrero».

jarano: «sombrero de paja, de copa alta y ala ancha».

jarocho: «natural de la costa veracruceña». Mexicanismo.

jinocal: «asiento de bejuco y palma, realizado por los indios».

jipi: «sombrero jipijapa».

José Balsamo: Título de una famosa novela de Alejandro Dumas padre, publicada en 1849.

judaica: Adjetivo para señalar avaricia, perfidia.

Kardec, Allan: Seudónimo del famoso ocultista francés Léon Hipolyte Denizart Rivail (1804-1869), que gozó de enorme fama y predicamento. Abrigó la idea de unificar todas las religiones.

karma: «causalidad, ley de retribución, de causa y efecto, acción y reacción o de causación ética».

lacear: «sujetar o coger un animal con el lazo».

lagartijo: «oficial vestido llamativamente»; «ladronzuelo que muda de vestido».

lampadario: «lámpara».

latigazo: «trago, buche copioso de bebida alcohólica».

leperada: «acción, dicho o hecho propio del lépero»; «frase obscena». Mexicanismo.

lépero: «hombre soez, mal educado, procaz».

lindo: «bueno, bonito, excelente».

lipuda: Invención de Valle; «sonrisa grasienta, untuosa, halagadora».

llanero: «habitante del llano». Especialmente, el de los Llanos venezolanos.

loco de verano: Expresión argentina, «extravagante, chiflado, despistado».

loco lindo: «extravagante, raro, chiflado».

lostregar: «relampaguear, brillar deslumbrante e intermitentemente».

lucio: «brillante, vistoso, lucido».

luego luego: «enseguidita, al momento».

luminaria: «iluminación que con motivo de las fiestas se coloca en los edificios, ventanas, etc.».

luneta: «asiento, butaca, hablando de teatro». **Dar luneta de sombra:** «encarcelar, meter en la cárcel».

luvas: «guantes». Voz portuguesa.

macana: «tontería, necedad, disparate, sandez, bobada».

macaneador: «que dice macanas o tonterías, persona que no tiene seriedad, que disparata».

macanear: «decir tonterías, disparates, cosas sin importancia». Voz rioplatense.

maceta: «cabeza». Mexicanismo.

madrota: «dueña del prostíbulo, o encargada».

maguey: «pita, planta». Voz taína.

mambí: «insurrecto contra España en las Grandes Antillas».

mamelucos, calzones: «prenda, pantalón y camisa en una sola pieza».

mamey: «árbol y fruto; sapotácea del Caribe». Voz arahuaca.

mamola: «broma, por lo general obscena».

mancuerda: «tormento de cuerda, utilizado antiguamente por la Inquisición y por los tribunales ordinarios».

mancuernas: «gemelos de camisa».

manflota: «burdel»; «prostituta».

manfredo: «moneda de valor elevado».

mangana: «lazo que se tira a una caballería o bestia bovina para abatirla o sujetarla».

manglar: «terreno inundado por las mareas, en el que crece la vegetación».

manigual: «selva, conjunto de maniguas»; «terreno cubierto de maleza». Voz antillana.

manís: «hermano, mano, tratamiento». Mexicanismo.

matona: Designación de la espada de Porfirio Díaz, el famoso dictador mexicano.

mayoral: En antillano, «asalariado, hombre del campo».

mecate: «cuerda», generalmente de pita.

menda: «yo». Gitanismo.

merito: «ahora mismo, a toda prisa».

Mesmer, Franz Anton: Médico y psicólogo alemán (1734-1814), autor de la teoría del magnetismo animal.

metate: «piedra para moler a mano el maíz, para las tortillas». Voz centroamericana.

miraje: «espejismo».

mitote: «pendencia, barullo, jaleo». Mexicanismo.

mi viejo: Tratamiento afectuoso.

mocín: «jovencillo».

montonera: «grupo de gentes rebeldes, generalmente a caballo, que luchan contra las fuerzas gubernamentales».

moreno: «negro, persona de esta raza».

morisquetas de petimetre: «gestos exagerados, afectados, llamando mucho la atención, andar a saltitos».

morlaco: «designación del toro grande».

morna: «tibia, caliente». Galleguismo.

morocho: «moreno, de tez oscura».

mucamo, a: «criado del servicio doméstico».

mudar: «marcharse furtivamente». **Mandarse mudar:** «cambiar de parecer, desaparecer, marcharse furtivamente».

niño: Tratamiento usual de respeto generalizado en toda América, y conocido también en Andalucía.

niña ranchera: «señora de la casa».

no la friegue: «no la fastidie, no meta la pata, no jorobe».

¡no pasmes!: «no te retrases, no te quedes ahí».

nubio: «de Nubia, natural de esta región africana».

ñandutí: «encaje finísimo, hecho a mano, típico de Paraguay». Voz rioplatense.

ñata: «chata, corta de nariz».

ornear: «rebuznar, emitir su voz el asno». Galleguismo.

pampa: «llanura, por lo general sin árboles».

panoli: «tonto, infeliz, incauto».

paquete: «barco, embarcación que cubre un servicio postal o de pasajeros».

parcheo: «sobo, manoseo», con resonancia erótica.

parejeño: «caballo excelente, veloz».

parejo: «parejamente, a la vez».

pasaportar, dar pasaporte: «dar muerte, asesinar».

Patillas: «el diablo».

pavona: «estúpida, hueca, petulante».

Pedernales, Diego: Recuerdo del «Pernales» (1880-1907), famoso delincuente español citado en coplas y decires populares.

pelado: «hombre pobretón, del pueblo humilde».

pelazón: «conjunto de pelados, pobretones».

pelón: «pobretón, ignorante, desprovisto de todo».

pendejada: «necedad, simpleza, mala acción».

pendejo: «cobarde, ruin; tonto, bobo». **Hacer pendejo:** «dejar chiquito, anular».

petaca: «maleta». Mexicanismo.

petate: «estera de palma en la que se duerme».

pinrel: «el pie de las personas». Gitanismo. Se suele usar en plural.

piño: «rebaño, gentío, masa de hombres».

piocha: «perilla, barba». Voz náhuatl.

pior: «peor».

pirulo: «acicalado, cuidado». Voz chilena.

plagiar: En México, Perú y Cuba, «apoderarse de alguien para conseguir dinero a cambio de su libertad, secuestrar».

plata: «dinero». **Aflojar la plata:** «pagar».

plateado: Bandido perteneciente a una famosa partida que actuó en México hacia 1870.

platicar: «hablar, conversar». Voz mexicana.

poli: «policía».

poncho: «prenda de abrigo, generalmente de lana o vicuña, de vivos colores. Manta con un agujero central para meter la cabeza».

posibilismo: El partido posibilista fue fundado por Castelar después de la Restauración para colaborar con el liberalismo monárquico, sin renunciar por eso a los ideales republicanos.

potrero: «terreno cercado, con pasto, especialmente dispuesto para la cría y cuidado del ganado».

propositar: En México, «tener el propósito, el plan».

pueblera: «mujer del pueblo». Voz con valor despectivo.

pulpería: «tienda de comestibles, a la vez que con algo de establecimiento de bebidas».

punta: «muchos, varios». Extensión del valor «rebaño».

¡qué esperanza!: Expresión para indicar que aquello de que se habla no ocurrirá, o se producirá mal.

quitrí: «carruaje tirado por un caballo, con una sola fila de asientos».

rabona: «cantinera, indígena».

radicación: «acción de radicar o radicarse; adoptar una nacionalidad».

rajarse: «acobardarse, volverse atrás, desistir de algo».

rancho: «grupo de personas que, aparte, hablan, juegan o discuten. Lugar determinado en las embarcaciones para alojarse o acomodarse los individuos de la dotación»; «hacienda, propiedad que se suele dedicar a la ganadería»; «casa pobre, modesta, rústica».

raposa: «astuta»; «persona astuta».

reata, ser mala: «ser mal compañero, mal encubridor o auxiliar».

rebenque: «látigo del jinete».

rebocillo o **rebozo:** «prenda típica femenina de la mujer indígena, a manera de un chal».

recadar: «guardar, recoger».

recámara: «habitación, aposento, alcoba».

recamarera: «criada, sirviente encargada de las recámaras».

relajo: «depravación, malos hábitos, diversión, burla».

remarcable: «notable, distinguido». Galicismo.

riba: «orilla, ribera».

rol: «papel, parte de una representación que corresponde a alguien».

rondín: «persona que pertenece a una ronda o guardia».

rosmar: «refunfuñar, rumiar». Galleguismo.

roto: «individuo de la clase más baja». Voz chilena.

rufo: «rufián, hombre despreciable, perverso».

rumbo: «lugar, sitio, barrio».

sabanil: «túnica, manto de algodón».

Santana: Evocación del famoso general y dictador mexicano Antonio López de Santa Anna (Veracruz, 1791-México, 1876), o incluso de otro Santana, rebelde contra Porfirio Díaz a fines del siglo XIX.

sarillo: «devanadera».

seno: «golfo, porción de mar que se interna en la tierra».

significar: «hacer saber, comunicar alguna cosa».

sol: «moneda de plata». Unidad monetaria del Perú.

soldadera: «mujer que, en las campañas revolucionarias, acompañaba al ejército, sirviendo a los soldados en múltiples menesteres».

sombrero palmito: «sombrero hecho con hojas de esa planta».

sonsera: «tontería». Voz frecuente en el Plata.

sonso: «tonto».

soturno: «melancólico, triste».

suceso: «éxito».

sumirse: «achicarse, acobardarse, amilanarse».

suripanta: «muchacha que canta en un coro»; «mujer liviana, casquivana, ramera».

taita, taitita: «padre». También tratamiento de respeto que no implica parentesco.

tajamar: «destrozo».

talanquera: «puerta de madera, tablas o leños, en la cerca de una propiedad».

tamal: «bollo de harina de maíz, relleno».

tanicuanto: «en cuanto, que». Forma rústica y vulgar.

tapado: «manto, abrigo».

Ticomaipú: Nombre ficticio, evocación de la batalla de Maipú, librada entre San Martín y los realistas en Chile, el 5 de abril de 1818.

tilingo: «fatuo, insustancial». Voz del Plata, Perú y México.

tlaco: «moneda pequeña, centavo, insignificante moneda de cobre».

toldería: «campamento formado por toldos de indios». *Toldo* equivale a «choza».

tolondrear: Puede ser mezcla voluntaria del «tolón tolón» del cencerro y de tolondro, tolondrón, «que se hace aturdidamente, sin tino, alocadamente».

tomarse: «emborracharse».

toninada: «insignificancia, cosa fútil y sin valor, tontería».

tópico: «tema, asunto».

torito candil: Costumbre del *torito,* armazón de madera, telas, etc., que un hombre lleva encima. El armazón imita la figura de un toro, con cuernos, y va provisto de cohetes y bengalas. Es fiesta popular mexicana, muy extendida.

trinca: «reunión de amigos, pandilla».

trompeto: «borracho». Mexicanismo.

tronar: «matar, fusilar». Mexicanismo.

tropa: «rebaño». Se aplica a conjunto de gente.

tropilla: «manada de caballos». Voz argentina.

trueno: «borracho».

tunar: «robar». Voz chilena.

ultimar: «matar, acabar con la vida de alguien».

vale, valedor: «amigo, compañero». Voz mexicana. Se usa también como tratamiento.

Valero, Pepe: Famoso comediante sevillano (1808-1891).

vereda: «acera». Voz rioplatense.

veri: «la verdad, lo seguro». Voz jergal madrileña.

vieja: Tratamiento usual cariñoso que equivale a padre o madre según el género; «amiga, mujer».

vocablo, jugar del: «hacer chistes, decir equívocos».

voces tartufas: «hipócritas».

zarape o **sarape:** «manta de colores vivos, llamativos, que suele tener un agujero en el centro para introducir la cabeza».

zopilote: «especie de buitre».

OBRAS DE RAMÓN DEL VALLE-INCLÁN EN ESPASA CALPE

TEATRO

El Marqués de Bradomín (CA 1331).

Voces de gesta (CA 415).

Cuento de abril (CA 415).

La Marquesa Rosalinda, ed. de César Oliva (A 113); ed. de Leda Schiavo (CC 25).

Tablado de marionetas, (Farsa italiana de la enamorada del rey / Farsa infantil de la cabeza del dragón / Farsa y licencia de la reina castiza), ed. de César Oliva (A 129).

Luces de bohemia, ed. de Alonso Zamora Vicente (A 1, CC 180).

Divinas palabras (CA 1320); ed. de Luis Iglesias Feijoo (CC 26).

Cara de Plata (Comedias Bárbaras, I) (CA 651); ed. de Antón Risco (CC 21).

Águila de blasón (Comedias Bárbaras, II) (CA 667).

Romance de lobos (Comedias Bárbaras, III) (CA 681).

Retablo de la avaricia, la lujuria y la muerte, (Ligazón / La rosa de papel / El embrujado / La cabeza del Bautista / Sacrilegio), ed. de Ricardo Doménech (A 170).

Martes de Carnaval, (Las galas del difunto / Los cuernos de don Friolera / La hija del capitán), ed. de Jesús Rubio Jiménez (A 256); ed. de Ricardo Senabre (CC 18).

TEATRO PARA JÓVENES

La cabeza del dragón (AJ 22).

PROSA